NINGUÉM SE MEXE

DENIS JOHNSON

# Ninguém se mexe

*Tradução*
*Alexandre Barbosa de Souza*

Copyright © 2009 by Denis Johnson
Publicado mediante acordo com a Farrar, Strauss & Giroux.

Grafia atualizada segundo o Acordo Ortográfico da Língua Portuguesa
de 1990, que entrou em vigor no Brasil em 2009.

Título original
Nobody move

Capa
Kiko Farkas/ Máquina Estúdio
Mateus Valadares/ Máquina Estúdio

Foto de capa
© Ed Darack/ Science Faction/ Corbis (DC)/ LatinStock

Preparação
Silvia Massimini Felix

Revisão
Ana Maria Barbosa
Isabel Jorge Cury

Dados Internacionais de Catalogação na Publicação (CIP)
(Câmara Brasileira do Livro, SP, Brasil)

Johnson, Denis
    Ninguém se mexe / Denis Johnson ; tradução Alexandre
Barbosa de Souza. — São Paulo : Companhia das Letras, 2010.

    Título original: Nobody move.
    ISBN 978-85-359-1663-8

    1. Ficção norte-americana I. Título.

10-04219                                              CDD-813

Índice para catálogo sistemático:
1. Ficção : Literatura norte-americana  813

[2010]
Todos os direitos desta edição reservados à
EDITORA SCHWARCZ LTDA.
Rua Bandeira Paulista, 702, cj. 32
04532-002 — São Paulo — SP
Telefone (11) 3707-3500
Fax (11) 3707-3501
www.companhiadasletras.com.br

*Para Meir Ribalow*

PARTE UM

Jimmy Luntz nunca esteve numa guerra, mas a sensação era a mesma, ele tinha certeza — dezoito caras numa sala, Rob, o maestro, mandando saírem —, dezoito caras enfileirados a mando de seu líder prestes a fazer o que haviam sido treinados dia e noite para fazer. Esperando calados no escuro, atrás das cortinas pesadas, enquanto do outro lado o mestre de cerimônias conta uma piada velha até que — "O CORAL DOS ANDARILHOS DA PRAIA DE ALHAMBRA, CALIFÓRNIA" —, e lá estão eles sorrindo para as luzes quentes, apresentando os dois números.

Luntz era um dos quatro que faziam a melodia principal. Em "Firefly", achou que se saíram muito bem. As vogais sincronizaram, passaram bem pelas consoantes, e Luntz sabia que ele, pelo menos, estava todo aceso e sorridente, cheio de expressão corporal. Em "If we can't be the same old sweethearts" pegaram o embalo. Uniformidade, ressonância, páthos, tudo que Rob sempre quis. Nunca tinham se saído tão bem. Desceram do palco e foram para o subsolo do centro de convenções, onde se arrumaram de novo em fileiras, agora para as fotos de recordação. "Mesmo que fiquemos em último entre os vinte", Rob lhes disse depois, enquanto tiravam o smoking, paletós brancos e coletes quadriculados e gravatas-borboleta quadriculadas, "na verdade seríamos os vigésimos entre cem, certo? Porque, lembrem-se, rapazes, foram cem inscritos neste concurso, e só vinte vieram até a final aqui em Bakersfield. Não se esqueçam disso. Estamos entre os cem, não vinte. Lembrem-se disso, certo?" Dava a impressão de que Rob achava que não tinham se saído tão bem.

Quase meio-dia. Luntz não se deu ao trabalho de trocar de roupa. Pegou sua sacola de ginástica, prometeu encontrar os outros depois no Best Value Inn e correu escada acima, ainda usando o figurino. Estava com vontade de apostar. Sentia-se com sorte. Tinha um santinho de santa Anita dobrado no bolso do esfuziante paletó branco de seu smoking. A corrida começava ao meio-dia e meia. Era encontrar um telefone e dar um toque para uma pessoa.

Passando pelo saguão ao sair, notou que já tinham divulgado os resultados. Os Andarilhos de Alhambra ficaram em décimo sétimo entre os vinte. Mas, convenhamos, na verdade eram dezessete entre cem, certo?

Certo — tudo bem. Eles se deram mal. Mas Luntz ainda se sentia com sorte. Barbeado, penteado, de smoking. Praticamente Monte Carlo.

Mal passou pelas grandes portas de vidro, e lá estava o velho Gambol parado bem na entrada. Conferindo o entra e sai. Um sujeito alto, triste, calças e sapatos caros, casaco de pelo de camelo, com um daqueles chapéus de palha branca que golfistas velhos usam. Uma senhora cabeça.

"Quer dizer", disse Gambol, "que você canta *a cappella* num conjunto."

"O que você está fazendo aqui?"

"Vim ver você."

"Não, sério."

"Sério. Pode crer."

"Até Bakersfield?"

Aquela sorte. Ela já o havia deixado na mão antes.

"Estacionei logo ali", disse Gambol.

Gambol estava dirigindo um Cadillac Brougham cor de cobre com bancos de couro branco. "Tem um botão do lado do assento", disse ele, "você pode ajustar como quiser."

"Eles vão perceber se eu não voltar com eles", disse Luntz. "Tenho uma carona para Los Angeles. Já estava tudo combinado."

"Ligue para alguém."

"Boa, claro — vamos encontrar um telefone, eu desço e aviso."

Gambol deu a ele um celular. "Ninguém vai descer e avisar nada."

Luntz procurou nos bolsos, encontrou a caderneta, abriu no joelho e apertou as teclas com o polegar. Ao ouvir a voz de Rob na caixa postal disse: "Ei, já me arranjei por aqui. Consegui carona, uma carona de volta até Alhambra". Pensou por um segundo. "É o Jimmy falando." Que mais? "Luntz." E? Só isso. "Foi bom. Vejo você na terça. O ensaio é terça, não é? Isso. Terça."

Devolveu o telefone, e Gambol colocou-o de volta no bolso do elegante casaco esporte italiano.

Luntz disse: "Tudo bem se eu fumar?".

"Claro. No seu carro. No meu, não."


Gambol dirigia com uma mão no volante e o outro braço estendido até o banco traseiro, vasculhando a sacola esportiva de Luntz. "O que é isto aqui?"

"Segurança."

"Contra o quê? Ursos-pardos?" Esticou-se na direção de Luntz e guardou no porta-luvas. "Que arma grande."

Luntz abriu o porta-luvas.

"Fecha isso, porra."

Luntz fechou.

"Está querendo segurança? Pague suas dívidas. É o mais seguro."

"Concordo totalmente com você", disse Luntz, "e será que posso falar agora sobre o meu tio? Tenho uma reunião com ele hoje à tarde."

"Um tio rico..."

"Por acaso, sim. Ele acabou de se mudar do litoral. Fez fortuna trabalhando com lixo. O cara troca de Mercedes todo ano. Acabou de se mudar para Bakersfield. Da última vez que nos vimos ele ainda morava em La Mirada. O Rei do Lixo de La Mirada. Sempre falava que era para avisar quando precisasse de dinheiro. Almoçamos no Outback de La Mirada. Uau, como é servido aquilo. Cortes especiais da grossura de um braço. Já foi no Outback?"

"Faz tempo."

"Então, trocando em miúdos, deixa eu ligar para ele antes que fique longe do centro."

"Trocando em miúdos, você não vai pagar."

"Vou, claro que vou", disse Luntz, "eu vou pagar. Só me deixe fazer uma ligação e uma pequena mágica."

Gambol agiu como se não tivesse ouvido.

"Vamos. O cara tem um Mercedes. Deixe-me falar com ele."

"Mentira do caralho. Tio..."

"Certo. Ele é tio da Shelly. Mas é verdade."

"A Shelly é de verdade?"

"Ela é minha... sim. A Shelly? Eu morei com ela."

"Tio de uma vaca com quem você morava..."

"Amigão, me dê uma chance. Uma chance de fazer uma mágica."

"Você está tendo. Só que não está funcionando."

"Olha, cara, veja bem", disse Luntz, "vamos ligar direto pro Juarez. Deixe-me falar com o homem."

"O Juarez não é de falar."

"Vamos. Você não me conhece? O que é que há?"

Gambol disse: "Meu irmão acabou de morrer".

"Como assim?"

"Hoje faz uma semana que ele morreu."

Luntz nem sabia coisa nenhuma de irmão. Como lidar com alguém que lança uma coisa assim na conversa?

Estavam indo para o norte. Bakersfield fedia a petróleo e gás natural. Nos locais mais improváveis, no meio de um shopping, do lado de uma dessas novas igrejas chiques, toda de vidro e curvas abruptas, você via o sobe e desce das perfuratrizes de petróleo.

"Eu pescava aqui com o meu irmão", disse Gambol, "bem, em algum lugar por aqui. No rio Feather."

Luntz desentrelaçou os dedos e olhou para eles. "Como?"

"Uma vez, na verdade. Pescamos uma vez só. Devíamos ter feito mais isso."

A estrada tinha quatro pistas, mas não era interestadual. O relógio do painel dizia quatro da manhã.

"Onde estamos?"

"Só estamos passeando", disse Gambol. "Por quê? Você tem algum compromisso?"

Luntz apoiou as mãos nos joelhos e endireitou-se no banco. "Aonde nós vamos?"

"Neste tipo de passeio, é melhor não perguntar."

Luntz fechou os olhos.

Quando abriu, viu um bando de motoqueiros vindo na direção deles, passando com suas Harleys.

Gambol falou: "Você viu? Metade daquelas motos tinha placa do Oregon. Acho que tem uma convenção em Oakland ou coisa parecida. Sabe, nunca andei de moto".

"Merda", disse Luntz.

"Que foi?"

"Nada. Esses motoqueiros. Merda", falou, "o rio Feather. Já ouviu falar em uma taverna Feather River, uma coisa assim?"

"O rio não é por aqui. Fica mais para o norte. Sabe, ninguém nunca vai me ver montado numa Harley."

"Ah, é?"

"Com ou sem capacete. Que adianta capacete?"

"A porra do rio Feather", disse Luntz.


De pé junto ao telefone, Jimmy Luntz teclou nove, um e parou. Não estava ouvindo o sinal. Seus ouvidos ainda zumbiam. O barulho daquele velho Colt deixava qualquer um tonto.

Soltou o telefone e deixou-o penso pelo fio por alguns segundos. Balançou a cabeça e secou as mãos nos bolsos da calça. Teclou outro um ao pôr o telefone na orelha. Uma mulher disse: "Escritório do xerife de Palo County. Qual é o problema?".

"Um cara. Esse cara", ele disse. "O cara tomou um tiro."

"Senhor, qual é o seu nome e de onde está ligando?"

"Olha, estamos numa parada ao norte do Tastee-Freez na Setenta, pouco depois de Ortonville. Não, bem depois de Ortonville."

"O senhor quer dizer Oroville?"

"Na mosca", ele disse. Procurava um cigarro com a mão livre.

"O senhor consegue ver daí alguma placa de quilometragem?"

"Não. Só uns pinheiros altos perto da estrada. Lá atrás."

"A primeira parada depois do Tastee-Freez ao norte de Oroville. Como ele está, o senhor pode me dizer?"

Luntz disse: "Foi um tiro na perna. Como se faz um torniquete?".

"É só apertar diretamente a ferida. Ele está consciente?"

"Querida, ele está bem. Mas não para de sangrar."

"Aperte. Coloque um pano limpo e aperte com força a ferida com a palma da mão."

"Certo, vou fazer isso, quer dizer... mas vocês vêm logo?"

Ela voltou a falar, e ele desligou.

Achou o isqueiro e acendeu seu Camel. Deu vários tragos longos, jogou no chão.

Atravessou até a parada embaixo da cerca viva onde Gambol se escorava junto à roda esquerda de trás do Cadillac, bastante pálido. Grande demais. Tinha tirado o chapéu branco de golfista. Que cabeça. Uma cabeçorra. A perna esquerda da calça estava inteira ensopada e escura de sangue. O chapéu estava do lado.

Luntz inclinou-se sobre ele e abriu a fivela do cinto de Gambol, que arregalou seus olhos grandes e distantes.

Luntz disse: "Vou precisar do seu cinto para o torniquete".

Colocou o pé entre as pernas compridas dele e puxou o cinto, que saiu pelas passadeiras de sua cintura gorda. "Olha, meu irmão", disse a Gambol, "espero que você entenda."

Gambol ofegou algumas vezes mas parecia não conseguir falar.

Luntz disse: "Você achava que eu ia ficar sentado esperando você quebrar o meu braço, é isso? Quando foi a última vez que você quebrou um osso?".

Gambol arfava e ofegava. Tateou em busca do chapéu, trouxe-o sobre o peito e deixou-o ali. "Sabe", ele conseguiu dizer, "o meu fêmur está quebrado neste exato momento."

"Eu liguei para a emergência, é só esperar."

Com surpreendente energia, Gambol de repente jogou longe o chapéu branco. O vento levou-o pelo ar até passar os pinheiros, uns dez metros dali. Então ele pareceu perder a consciência.

Luntz soltou o cinto no colo ensanguentado de Gambol. Abriu o casaco esporte de pelo de camelo em busca da carteira de Gambol e embolsou-a.

Arregaçou a calça, agachou-se e procurou embaixo do carro onde a velha pistola tinha ido parar, encontrou a peça e pôs-se de pé, segurando a arma com as duas mãos. Encostou o cano apoiado na testa de Gambol e deixou o polegar segurando o cão disparador.

Gambol parecia apagado. As mãos jaziam espalmadas ao lado das pernas abertas, e a barriga se mexia sem parar.

Luntz tirou o polegar do cão e enfim soltou o ar, baixando a arma. "Porra. Coloca isso na sua coxa. O cinto, cara. Acorda, cara." Gambol tinha uma expressão de criança retardada quando pegou por fim o cinto com as duas mãos e puxou-o até a coxa ensanguentada. "Pela fivela, aqui, a fivela", disse Luntz. "É um torniquete", disse ele ao entrar no carro.

Aprumou-se no couro branco do Cadillac. Deu partida. Baixou o vidro e gritou: "É melhor você se apressar, Gambol, porque este Cadillac está de saída".

Com um tranco, engatou primeira e saiu cantando pneu daquele estacionamento, raspando feio embaixo do carro ao entrar na pista.

Viriam do sul, ele imaginou, do hospital de Ortonville, Oronville, o que seja. Ele virou para o norte.

Depois que uma radiopatrulha passou correndo na outra direção, com as luzes girando, ele não conseguiu ir adiante e parou no estacionamento de um café na saída de alguma cidade.

Deixou o Cadillac atrás do café e secou o rosto com a manga. A camisa e o colete estavam ensopados de suor. Mexeu nos controles de temperatura com delicadeza, estupidamente, não entendia nada daquilo. Saiu do carro, tirou o paletó e a gravata e ficou de pé sentindo a brisa, agarrou-se à porta aberta, curvou-se e vomitou um líquido verde e azedo entre os sapatos pretos.

No banheiro, Luntz parou no mictório por um minuto, mas não saiu nada. Deu descarga mesmo assim. Pôs as mãos na pia e baixou a cabeça e inspirou e expirou várias vezes antes de erguer os olhos para o espelho.

Por volta das onze da manhã, Anita Desilvera foi ver um filme com meio litro de vodca Popov na bolsa. Aproximando-se do cinema, deu uma olhada no cartaz do épico: O *último grande campeão*.

Comprou o ingresso de um sujeito inexpressivo na cabine e entrou. Pediu uma limonada cor-de-rosa grande, e no caminho até o auditório despejou metade no bebedouro, fazendo alarde com as pedras de gelo. Desceu até o corredor no escuro e escolheu um dos primeiros lugares. Sentou-se de casaco e ficou abaixada junto ao assento da frente por vários segundos, depois levantou a cabeça chorando.

Abriu a garrafa e despejou toda a vodca na limonada, jogou a garrafa vazia embaixo do assento vizinho.

O filme parecia ser sobre pugilistas. Gigantescas luvas de boxe arrancavam gotas de suor de testas e queixos em close-up. Um homem sozinho duas fileiras à frente dela se contorcia e bufava como se acompanhasse a ação: "Huh! Hah! Hoh!".

Enquanto na tela um destroçava a cara do outro, ali estava ela no escuro, trinta por cento embriagada, o rosto enfiado num lenço para ninguém ver que chorava copiosamente. Não havia mesmo nenhum outro lugar onde a mulher do promotor de Palo County pudesse encher a cara e sofrer. Não tinha nem a chave da própria casa. Tinham tirado tudo, menos o carro.

Quando seu relógio deu dez para o meio-dia foi ao banheiro se recompor e passou uma escova no cabelo antes de sair na rua ofuscante.

O Packard Room ficava a duas quadras do cinema. Ela caminhava depressa e respirava fundo. Uma vez fora dali, alisou a saia cinza e ajeitou o casaco, e ao penetrar a luz amena do salão do restaurante, manteve os ombros bem para trás e fez questão de usar o rosto todo num sorriso.

Hank Desilvera estava sentado num canto, com cara de rico. Sorriu de volta para ela como se fosse o Príncipe do Futuro enquanto se inclinava para tirar os papéis da pasta.

Quando ela pôs o casaco na cadeira vazia e se sentou, a pior refeição de sua vida esperava por ela: o acordo de sentença. A carta de demissão. O termo de abdicação de direitos. Três cópias de cada.

Ela pegou a caneta e assinou. Jogar toda a sua vida na privada e dar a descarga levou quarenta e cinco segundos.

Hank só deu risada e colocou a papelada de volta em sua pasta ao lado da cadeira. Deu de ombros. Agia de modo a fazer tudo parecer uma grande derrota em meio a uma temporada ademais gloriosa.

Ele era capaz de foder sua vida, engambelar, fazer você rolar na sarjeta — e ainda esperar que você estivesse se divertindo.

"O Tanneau está com o resto", disse ele. Tanneau era o juiz. O resto eram os papéis do divórcio.

"Hank", disse ela, "será que não tem jeito? Podemos dar um jeito. Olha, eu sei perdoar. Eu acredito em perdão." Havia planejado se segurar o almoço inteiro, mostrar um pouco de classe, mas com dois minutos de conversa já estava mendigando.

"Nem sempre as coisas são simétricas, Babylove."

"Nunca mais me chame assim."

"Babylove", disse ele, e a palavra atingiu-a em cheio. "Que tal o frango cajun?"

"Como?"

"É um prato novo."

"Novo?"
"Sim. Experimente o frango cajun."
"Eu adoraria! Mas estou num dilema." Ela já estava vestindo o casaco. "Você me manda as cópias pelo correio?"
"Mandar pra onde?", disse ele.
"Pra onde?"
"Que endereço? Onde você está morando esses dias?"
Ela ficou parada encarando-o enquanto os dois percebiam que ela não tinha nenhuma resposta para a pergunta.
"E para onde você está indo agora?"
"Tenho uma audiência com o juiz."
"O juiz saiu", Hank disse.
"Tenho uma hora com ele." Ela pegou os papéis, enfiou-os no bolso do casaco e saiu.

Tanneau tinha escritório num edifício de tijolos todo restaurado, uma antiga usina, agora uma fortaleza de comércio e advogados que lhe pagavam o aluguel caríssimo. Ele era o dono. Apesar de toda a vodca, a ideia de visitá-lo fazia seu coração bater apressado enquanto caminhava à luz do sol, sob o aroma das cercas vivas, todas aquelas atmosferas que encobriam o fedor. Ela subiria a escada, avisaria na recepção, seria conduzida através de toda aquela aura de grandiosidade, e ele permaneceria educadamente em pé até que ela se sentasse diante da mesa dele. Ele também se sentaria do outro lado, mãos postas, aproximaria a cadeira, olharia bem para ela, ligeiramente confuso e triste, como se não fosse capaz de imaginar por que ela estaria ali. Ele parecia um pastor da televisão com sua touca branca, sentimental e fotogênica. Foi uma questão de tempo até que a faísca do encontro dele com Hank Desilvera começasse a queimar qualquer um que fosse tolo o bastante para chegar perto deles. E ela tinha chegado perto dos dois: secretária do juiz e mulher do promotor.

Quando chegou ao escritório de Tanneau, a recém-contratada secretária disse que ele não estava. "Sinto muito. Você tinha hora marcada?"

"Ele precisava de uma assinatura."

Mas a nova secretária, substituta de Anita, uma mulher de meia-idade num vestido cor de avelã, não encontrou nos arquivos nada para Anita Desilverio.

"Desilve-*ra*. Jesus. Senhora Henry Desilvera? O acordo do divórcio?"

"Ah, meu Deus, sim", disse a substituta.

Ela estava com as cópias em sua bandeja de entradas. Anita assinou as três e ficou com uma. "Com licença." Colocou duas cópias na bandeja de saídas. Dali a seis meses então era assim. Na mesma manhã, com alguns documentos e um pouquinho de tinta, ela tinha virado uma vagabunda, uma criminosa e uma futura divorciada.

Virou-se e bateu três vezes na porta do juiz com a palma da mão. "Você sabe que eu estou aqui fora."

Sua substituta respirou impaciente. "Eu já disse... o juiz não está."

Anita pôs as mãos espalmadas na porta. Colou o ouvido na madeira. "OITOCENTAS PRATAS POR MÊS. PELO RESTO DA VIDA."

Sua substituta foi atender o telefone.

"Se eu tiver que pagar tudo de volta pelo resto da vida, você já sabe. Pode escrever que eu vou abrir o berreiro."

"Vá gritar lá fora, então. O juiz não está. Ele está no hospital."

"Jura?"

"Foi fazer uma biópsia na sexta-feira, e eles o levaram direto para a cirurgia."

"Espero que ele morra."

"Você está bêbada."

"Ainda não. Mas gostei da sua ideia."

\* \* \*

Gambol permitiu-se descansar de costas no macadame por um minuto, conferindo o intervalo no relógio de pulso, e depois rolou de novo de bruços e abriu as mãos estendidas sobre o asfalto na altura dos ombros. Descansou trinta segundos assim, até que se ergueu um pouco para engatinhar sobre duas mãos e um joelho, cabeça pesada, tentando tomar fôlego, rebocando a perna machucada até a cerca de proteção dos pinheiros.

Escorado num tronco, descansou dois minutos. Quando abriu os olhos, os galhos acima de sua cabeça pareciam fugir apressados para o céu.

Pegou o celular e teclou o número de discagem rápida do Juarez.

"Ielza, ielza, ielza, Gambolino."

"Preciso de um médico."

"Então vá ao médico."

"Preciso de um médico amigo. Levei um tiro, cara."

"Tiro?"

"Aquele porra do Jimmy Luntz."

"Como?"

"O Jimmy Luntz atirou em mim."

"Como?"

"Preciso de um médico. E de uma carona. Preciso que o médico venha me buscar. Preciso de carona."

"Você está muito mal? Não dá nem pra dirigir?"

"O merda levou meu carro."

"Como?"

"Foda-se 'como'. Ele atirou na minha perna. Minha coxa direita. Acho que atravessou o osso."

"Na coxa?"

"Eu saí para abrir o porta-malas, e ele — *bang!*, cara."

"Onde você está?"

"Oh, cara..."

"Gambol, não desligue. Onde você está agora?"

"Perto de Oroville."

"Onde fica Ortonville? Por acaso é no condado de San Diego?"

"Não é Ortonville, cara. Oroville. Fica na Setenta. Lá bem depois que passa Sacramento, aqui no meio do inferno."

"Saindo de Oroville, é pra que lado? Leste, oeste, pra onde?"

"Acho que norte."

"Norte. Perto de Madrona? Tenho uma pessoa em Madrona."

"Porra, me tira daqui logo."

"Estou tirando. Onde ele acertou?"

"Na *coxa. Já falei.*"

"O Luntz?"

"Luntz."

"Jimmy Luntz? Oh, caralho. Oh, caralho. Ele vai morrer. Eu juro pra você."

"Pode apostar o seu rabo nisso."

"Juro, e vai ser meu presente pra você. Ele já está morto."

Gambol fechou o telefone e deixou-o cair no bolso da frente. Fez uma pausa de meio minuto até encarar o esforço de apertar o cinto em volta da coxa. Não sentia mais a perna e estava com frio.

Deitou a cabeça para trás, contra o tronco, pensou nos movimentos a seguir e revisou suas considerações cuidadosamente antes de se apoiar no cotovelo e pelejar para, em etapas, virar-se de barriga para baixo. Conforme ia forçando os braços, erguendo-se do chão, e começava a engatinhar para a frente, o telefone caiu do bolso, e ele parou. Foi se apoiando nos cotovelos e pegou-o com a boca.

Prendendo nos dentes o telefone sujo de sangue, arrastou-se

por vários metros até os pinheiros e os arbustos e ali ficou deitado de bruços enquanto as sirenes se aproximavam.

Quando ouviu vozes chegando perto, esforçou-se para ficar de lado e pôde ver a ambulância não muito longe do local por onde entrara no pequeno pinheiral, e três paramédicos falando com dois policiais uniformizados, xingando e dando risada. Os patrulheiros tinham estacionado a viatura bem em cima da mancha grande no asfalto. Mesmo daquela distância Gambol conseguia ver sua trilha de sangue.

Ficou de costas, prendeu o celular no bolso da frente da jaqueta, pôs-se em posição e arrastou a perna do estacionamento até a boca de um bueiro de concreto, onde esperou, olhando fixamente para cima, piscando depressa para se manter desperto, enquanto as duas equipes não resolviam se tinham sido mesmo enganadas por algum tipo de trote.

As equipes não demoraram muito. Quando passaram pelo bueiro, ele ouviu os carros afundando a pista sobre sua cabeça.

Teve dificuldade para abrir o bolso interno da jaqueta e ainda mais para apertar as teclas do telefone. Ligou de novo para Juarez. "Já arranjou alguém?"

"Estou quase. Continue falando comigo. Acho que vamos conseguir tirar você daí. Conheço uma pessoa em Madrona."

"Estou dentro de um bueiro. Não consigo mexer as pernas."

"Jesus, cara, chame uma ambulância."

"O Luntz já chamou. Eles vieram e já foram embora."

"Fala pra voltar!"

"Não, porra."

"Você vai pedir pra eles voltarem?"

"Estou onde termina o asfalto, numas árvores."

"Fala de novo — estrada Setenta."

"Parada do Tastee-Freez a norte de Oroville."

"Estou anotando."

"Estou numa vala embaixo da estrada. Entendeu?"
"Fique com o telefone."
"Está aqui. Mande alguém logo."
"Vou tentar. Mas e se não der?"
"Então você come o fígado daquele filho da puta enquanto ele assiste."
"Eu juro pra você."
Gambol desligou.
Conseguiu se sentar reto apoiando-se na vala. Uma brisa gelada passou por ele. Carros passavam correndo lá em cima. Deixou o celular no colo, rasgou a perna ensanguentada da calça e deu uma olhada na boca roxa sem lábios que lhe explodira na carne. Afivelou o cinto o mais apertado que pôde, mas suas mãos estavam dormentes e era como se a ferida sangrasse e fechasse, abrindo e sangrando, e outra vez um pouco mais, irredutivelmente.
O telefone tocou. Pegou-o com os dedos e levantou-o até o rosto. Juarez disse: "Eu disse que conhecia uma pessoa. Vet...".
Gambol abriu os lábios. Não saiu nada.
"Você está aí?"
"Estou."
"Arrumei um *vet*. Meia hora. Fique parado, agora, ouviu? Não vá fugir."
Gambol não conseguiu rir. Tentou um "Certo", mas os lábios nem se moveram.
Cochilou, acordou, não tinha ideia de quanto tempo havia passado, viu um fio de seu próprio sangue indo embora, movendo-se sobre a sujeira recolhida no fundo da vala, desaparecendo outra vez nas pilhas de agulhas marrons caídas dos pinheiros. Moveu a mão para ver o relógio, mas não conseguiu erguer o braço até o rosto.
"Ei", disse ele, mas quase desmaiando. Mal conseguindo se ouvir.

Colocou os dedos em volta do celular no colo. O telefone escorregou e caiu fazendo eco no cilindro de concreto, e ele se deixou cair na mesma direção. Ficou com a boca no telefone. Com um dedo na tecla. Precisava do dedo para apertá-la. Não estava conseguindo.

Tudo bem. Se conseguisse manter os olhos abertos, não estaria morto. Deitado de bruços, ficou olhando o espetáculo vermelho de sua vida passar por seu rosto e se afastar dele atravessando a poeira. Ele só precisava fazer isso agora. Era só continuar olhando seu sangue.

No café, Luntz sentou-se calmamente apoiando os cotovelos no balcão com o rosto enfiado no cardápio.

"Já escolheu?", perguntou a garçonete.

"Você conhece alguma taverna Feather River por aqui?"

"Não."

"Talvez seja café Feather River, algo assim."

"Acho que não. Você quer fazer o pedido?"

"Chá gelado", disse ele, e foi de novo ao banheiro.

Lavou as mãos e jogou água fria no rosto, secando-se com o ar quente da máquina. Fumou meio cigarro em vários tragos rápidos e jogou o resto na privada, saiu porta afora e tirou o telefone do gancho ao lado dos toaletes.

Shelly atendeu e aceitou a ligação a cobrar.

"Ei, sou eu", disse ele.

"Pra que ligar a cobrar?", disse Shelly. "Está ligando de algum lugar esquisito?"

"Estou perto de Oroville."

Ele a ouviu suspirar.

"Escute, Shelly, preste atenção. Entrei numa encrenca com um cara que eu até conhecia. O cara queria me machucar. E acho que algumas pessoas provavelmente vão aparecer por aí, Shelly. Na verdade, eu contaria com isso. É."

"Da polícia?"

"Não, pessoas mesmo."

"Pessoas?"

"É, não é nada bom."

"Jimmy, pelo amor de Deus, Oroville? O que tem em Oroville? O que aconteceu?"

"Eu bem que gostaria de saber."

"Você *não sabe*?"

"Não dá para explicar agora. Mas se alguém perguntar por mim — diga que eu liguei, que estou longe e que não vou voltar nunca mais."

Ele ouviu a respiração dela em seu ouvido, e mais nada.

"Shelly, é uma encrenca. Sinto muito."

"Bem, é só pedir desculpas que tudo se ajeita, não é?"

"Você deve estar muito brava com tudo isso."

"É, muito."

"Sinto muito, pequena", disse ele, e desligou.

"Quanto foi o chá?", ele perguntou à garçonete ao sentar-se novamente.

"Um e cinquenta. Você não vai mais beber?"

"Me dá um maço de Camel normal, por favor."

A carteira de Gambol estava tão cheia que Luntz teve que se levantar para tirá-la do bolso da frente da calça. Cheia principalmente de notas de cem. Achou uma de vinte.

"Acho que tem um hotel Feather River Inn", disse ela. "Seguindo pela estrada de Feather River."

Luntz guardou a carteira. "Já não preciso mais", disse ele.


Luntz entrou no carro e ficou ali no estacionamento do café

ouvindo um programa esportivo numa emissora AM e contando os benefícios apurados: quarenta e três notas de cem dólares e uns trocados, mais uma carteira com uma etiqueta escrito "couro legítimo" e muitos cartões de crédito. Os cartões, não podia usar. Provavelmente nem o carro. Muito menos, com certeza, a arma.

Com as mãos trêmulas, contou por alto as novíssimas cédulas com o Benjamin Franklin. Para começo de conversa, não devia muito mais do que isso ao Juarez.

Antes de ir embora abriu o porta-malas do Cadillac para ver o que mais podia ter herdado de Gambol. A tampa se ergueu e ele encontrou uma sacola de lona de acampar e abriu o zíper.

A sacola tinha uma reluzente escopeta cromada e cinco, seis — sete caixinhas onde se lia "calibre 12 nove esferas", e contendo talvez oito ou dez cartuchos por caixa.

Uma viatura verde-clara passou do outro lado do estacionamento. Um caipira fantasiado. Luntz fechou de novo o zíper da sacola e bateu o porta-malas.

Na primeira cidade por que passou, comprou um cartão de cinquenta dólares no Safeway e ligou para o serviço de informações no telefone público em frente. "Alhambra, Califórnia. Taverna do Dooley. Não. Espera. Dooley é apelido. É O'Doul's. D-O-U-L. Em Alhambra."

A gravação disse: "Serão cobrados mais cinquenta centavos para que sua ligação seja feita".

Acendeu um cigarro, tragou fundo e soltou a fumaça no mundo. Respirou duas vezes e teclou o número.

"Quero falar com o Juarez."

"Aqui não tem nenhum Juarez."

"Ele está na mesa do fundo com o Montanha e aquela magricela que anda com o Montanha e que era *stripper* no Top Down Club. Fala que é o Jimmy Luntz. Fala que eu estou devendo um dinheiro."

Juarez veio atender e disse "Jimmy", num tom de voz experimental.

"Você não vai acreditar. Apaguei o velho Gambol numa parada da Setenta", disse Luntz.

Ele pôde sentir a ficha cair na cabeça de Juarez, assimilando a informação.

"Jimmy, você disse Jimmy", repetiu Juarez.

"Experimente passar cinco horas dentro de um carro sem destino, e de repente, oh, olha só, vamos dar uma paradinha aqui e pegar um pedaço de ferro no porta-malas e fazer uma fraturinha exposta logo abaixo do seu joelho... Que tal?"

"Jimmy do quê? Refresque a minha memória", disse Juarez.

"Eu falei pra ele: primeiro quero ver o Juarez", disse Luntz, "vamos resolver o problema, sabe? Mas ele não deixou. Então acabei tendo que me defender."

"Claro, Jimmy. Vamos conversar sobre isso? Por que você não passa aqui?"

"Claro que não. Pessoalmente, não. Mas, quer dizer, acho que você poderia deixar passar só desta vez, certo?"

"Esse cara não fala coisa com coisa", disse Juarez, talvez para o Montanha. "Você deve estar sonhando", disse ele a Luntz, "se acha que existe perdão pra você."

Luntz desligou.


Jimmy Luntz fez deslizar o Cadillac cor de cobre ao longo de uma espécie de rio, continuando em direção ao norte na Setenta, fumando seu Camel e jogando as cinzas no chão. Gambol não deixava fumar no carro dele, só que o carro não era mais dele, certo?

\* \* \*

Anita tirou seu Camaro de colecionador — seu velho e quase imprestável Camaro 1973 — de debaixo dos chorões junto ao rio Feather, pôs *Damn the Torpedoes* para tocar, deitou o banco todo para trás e ali ficou com as portas abertas. Quando a fita chegou ao fim e viraria sozinha, o silêncio deixou-a tão aliviada que ela apertou o botão e desligou o toca-fitas. Até que ouviu: o sussurro do rio naquele trecho lento e largo, e a brisa nos galhos, o roçar das folhas do salgueiro.

Só agora ela começava a sentir que o dia estava quente e bonito. Ou tinha sido. O sol agora se refletia no rio, e os salgueiros lançavam sombras compridas.

Ela pegou o sobretudo, um azul com gola de veludo, saiu do Camaro e jogou o casaco sobre a margem do rio na última mancha de sol. Um pouco de terra e folhas — dane-se. Deitou-se e olhou para o vazio azul do céu.

"EXPERIMENTE O FRANGO CAJUN", berrou para o céu.

Ouvindo um carro se aproximar, sentou-se. Do outro lado do rio um Cadillac cor de cobre com aquelas capotas acolchoadas de vinil parava na beira da estrada junto a um campo de algodão. Um homem de calça preta e camiseta branca saiu com o que parecia muito ser um revólver grande.

Virou a arma, segurando pelo cano, e atirou-a de cima para baixo, dentro do rio, o olhar acompanhando o arco até o meio da água e, dali, depois, do outro lado, até dar com os olhos de Anita a observá-lo.

Lá estava um cara que não sabia terminar um serviço. O braço balançou no ar e chocou-se contra o corpo, ele limpou os dedos nos bolsos de trás da calça. Sujeito preguiçoso, magrelo. Não estava de camisa havaiana estampada, mas sem dúvida devia ter várias.

Assimilou a presença dela sem demonstrar lá muita surpresa, e então entrou no Cadillac, bateu a porta e começou a dar ré. Mas não estava indo embora. Manobrou até encontrar uma sombra e desligou o motor.

Anita pensou na situação por um minuto e se levantou, tirou as chaves do contato e deu a volta para abrir o porta-malas. Dentro achou dois vidros de maionese cheios de arruelas e parafusos, colocou um embaixo de cada braço, foi até a frente do carro e tirou do porta-luvas uma Magnum 357 inox carregada.

Andou uns cem metros da clareira onde havia estacionado e posicionou os dois vidros no chão. Voltou para o carro e encarou seus alvos, fazendo pontaria com as duas mãos, no que se costumava chamar de posição Weaver, a arma na linha de visão, pés bem afastados, cotovelos dobrados e joelhos ligeiramente arqueados, e atirou duas vezes.

Os potes explodiram numa nuvem de vidro e arruelas enferrujadas.

Deitou-se novamente sobre o casaco, a arma descansando no colo, e deixou o último sol do dia aquecê-la de um lado.

O som do motor do Cadillac veio pela água, dando partida e depois acelerando cada vez mais alto até ir embora — pneus rodando, choque do cascalho na casca das árvores —, e então desapareceu.

Desde que o sol se pôs a temperatura deve ter caído uns seis graus. Luntz parou no estacionamento de um cinema em Madrona, vestiu a camisa e o smoking branco e ficou sentado ouvindo cool jazz no rádio do Cadillac Brougham. O relógio do carro dizia que eram quinze para as sete.

Fazia tempo que não comia. Mal podia se lembrar da última vez. Estava sem fome. Isso, disse consigo mesmo, é o medo. Viva com isso.

Mexeu no sintonizador AM até encontrar uma estação melhor — uma garota lendo classificados, ceifadeiras e caminhonetes e os preços pedidos pelos proprietários. Depois o noticiário local. Nenhum tiroteio. Só um supermercado da região que estava sendo fechado.

Gambol já teria virado cadáver? A polícia estaria atrás dele, ou não? Como teria terminado o dia para todo mundo?

Tentou FM. Ritmos jamaicanos. Alguém cantando —

*Ninguém se mexe*
*Ninguém se machuca*

— e ele ouviu atentamente o resto da canção antes de desligar o rádio.

No Cine Rex estava passando O *último verdadeiro campeão*, segundo o cartaz. Já na metade. Luntz comprou o ingresso mesmo assim.

Sentou inclinado na segunda fileira com os cotovelos no assento da frente. No filme, um cara ia com uma mulher a um boliche e a segurava pelo cotovelo, ela se virava e ele dizia: "Eu largaria tudo por uma mulher como você".

E ela respondia: "É mesmo?", e dava para ver que os dois teriam um final feliz.

Nos segundos finais do último round, o mesmo cara conseguia destruir um adversário quase vinte quilos acima da categoria. O campeão derrotado caía na lona, olhando fixo para cima.

Quando adolescente, Luntz havia lutado nas Golden Gloves. Desajeitado no ringue, ele se destacaria do jeito errado — o único amador a ser nocauteado duas vezes. Lutou por dois anos. Seu segredo era que jamais, nem antes nem depois, se sentira tão à vontade ou tão em casa como quando deitado de costas ouvindo a música distante da contagem do árbitro.

Depois do filme estava chovendo, uma garoa leve mas constante. O implacável neon sobre a rua molhada como um doce estragado. Oito da noite, escuro o bastante para se livrar do Cadillac. Dirigiu até o pequeno aeroporto da cidade e parou para tirar o conteúdo de sua sacola esportiva, meias, cueca e o kit de toalete, e enfiou tudo na sacola de lona de Gambol, depois jogou fora no meio do escuro sua bolsa de ginástica. Tirou as meias pretas do figurino, calçou de novo os sapatos e limpou, usando as meias como luvas, o carro inteiro, dentro e fora; deixou a chave embaixo do tapete e saiu do estacionamento com a sacola de Gambol, atravessando um campo molhado de grama alta até uns motéis, o Ramada Inn e um outro cujo neon dizia apenas VAG. O estabelecimento anônimo, decorado com imitações de toras e barato até a medula, parecia um lugar que não necessariamente aceitava cartão.

Foi até lá e pediu um quarto. Todo molhado, sem carro, sem meia, pagando em dinheiro.

Os números no rádio diziam 10:10. Ases e zeros. Luntz estava deitado numa cama do Motel Adivinhe Só na estrada Feather River com todas as luzes acesas, ouvindo vozes de um filme pornô do quarto ao lado.

Como o exterior do local, as paredes do pequeno quarto também imitavam toras de madeira. Passou a mão e descobriu que eram de madeira mesmo. Não sabia que ainda faziam coisas com toras de verdade. Achava que todas as toras eram de mentira.

Sentou-se na cama e apontou o controle remoto para a televisão. Nada. Bateu o controle na palma da mão e tentou outra vez sem sucesso. Alcançou a sacola de Gambol ao lado da cama e sentou-se com os pés no chão e a mão esquerda descansando na sacola por dois minutos até abrir o zíper inteiro, de ponta a ponta.

A arma ali dentro, a coronha de pistola e o cano cromado de uns quarenta e cinco centímetros, parecia intocável. De fato, ele não a tocou. Fechou o zíper, enfiou a sacola embaixo da cama e saiu para respirar um pouco do legítimo ar da montanha.

A chuva havia parado. Estava muito, muito estrelado, mais, na verdade, do que ele jamais havia visto. O ar da noite fria tinha um gosto limpo e inocente. Sentiu de novo aquela sorte voltar.

Atravessou o estacionamento até o salão do Ramada Inn e foi direto até os telefones que ficavam perto dos banheiros no fundo.

"Olha só", disse quando atenderam no O'Doul's, "eu sei que ele está sentado aí na sua frente. Vá chamá-lo. Diga que é o Luntz."

Enquanto esperava de costas para o salão, ouviu vozes e um jazz suave. Suas mãos tremiam e a garganta estava fechando.

Juarez apareceu na linha. "*Luntz*, agora é *Luntz*. Daqui a pouco vai ser *senhor* Luntz. Senhor Luntz, *advogado*."

"Isso — você sabe quantos buracos um único cartucho desse rifle de caça vai fazer na sua cara?"

"De onde você está ligando?"

"Do telefone público bem em frente de onde você está sentado."

"Está aí em frente porra nenhuma."

"Estou bem aqui em frente na Quarta, *señor*, com a Winchester do Gambol embaixo da minha camisa velha. Olhando diretamente pra você."

Juarez falava agora com mais alguém — provavelmente mandara o Montanha ir lá fora verificar. "De onde você é, Luntz? Luntzville? Você não passa de um *puto*."

"Gambol disse uma coisa parecida. Então eu o apaguei."

"Por falar nisso, ele não morreu."

"É, eu achei que não ia morrer mesmo."

"Escute aqui, Luntz. Você lembra daquele porra do Cal, de Anaheim, que chamavam de Cal Trans?"

"Lembro, claro, eu já sei toda essa história."

"O Gambol e eu cozinhamos e comemos um prato com as bolas dele. Ostras de Anaheim. Uma delícia."

"Eu sei, como eu disse, já ouvi essa história."

"E Luntzville? A ostra de lá é boa?"

Luntz disse: "São as melhores ostras do mundo, Juarez", e desligou.

Ela acordou na margem do rio com a chuva caindo em seu rosto. Levantou-se e se trancou no carro. Abrigada em seu sobretudo azul. Algum tempo depois acordou de novo dura e gelada, tendo dormido profunda e livremente.

Encontrou a chave e deu a partida. Ligou o rádio na AM e pegou uma estação de música country transmitindo de Sparks, Nevada, enquanto o motor esquentava e o aquecedor sumia com o sereno do vidro. Lá fora fazia uma gigantesca noite estrelada. Partiu em direção à estrada.

O homem de Sparks disse que eram dez da noite. Ela dormira feito uma pedra por quase quatro horas. Foram dezoito meses de luta contra o juiz e contra Hank, de politicagem com o xerife e o conselho municipal, atormentando seus advogados e lidando com a imprensa, dezoito meses de campanha contra o inevitável. Estava tudo acabado agora. Hora de tirar longas férias. Que ela não podia bancar nem que fossem curtas.

No salão do Ramada, perto do aeroporto do condado, ela pediu um segundo *tequila sunrise* assim que a garçonete trouxe o primeiro. "E por favor, por favor", disse ela, "não ligue esse karaokê."

"Só às onze", disse a menina.

"Espere eu ir embora."

"O happy hour começa às onze."

"Então o meu prazo é curto."

Por que dizem que é feliz, e por que dizem que dura uma hora? O happy hour dura duas malditas horas. Ah, pensou ela, com quem estou falando? E quantos segundos até um babaca se oferecer para me pagar uma bebida e me fazer uma mulher satisfeita?

Aproximadamente dezoito segundos. O mesmo magrelo da beira do rio — o que jogou a arma na correnteza — vinha do telefone ou do banheiro, agora com um colete quadriculado e um smoking branco por cima da camiseta. Parou ao lado dela no balcão. O próprio pão-duro sacana para quem inventaram o truque da nota de dois dólares. "E aí?", disse ele.

"Um galanteador. Que lábia você tem."

"Você mora neste motel ou é só cliente?"

"Eu não sou nada", ela disse. "Estou só bebendo."

Ele deixou cair alguma coisa, uma moeda, abaixou para pegar, deixou cair, pegou de novo, e ficava olhando ao redor como se o salão tivesse mudado drasticamente nos dois segundos em que tirara os olhos dali. Não estava bêbado. Um pouco vibrante demais para estar bêbado.

Aboletou-se de canto no banco ao lado dela, dizendo: "Eu não sou de chegar e me sentar com ninguém".

"Fique à vontade. Eu estou de saída."

Ele a encarou, míope ou idiota, ela não saberia dizer, e soltou: "Qual é a sua nacionalidade?".

"O quê?"

"Você é *cucaracha*?"

Ela encarou de volta. "É. Sou. Você é um babaca?"

"Quase sempre", ele disse.

"Como você se chama?"

Ele disse: "Uh".

"Uh? O que é Uh? Lituano ou coisa parecida?"

"Você é espertinha", disse ele. "Meu nome é Frank. Franklin."

"Frankie Franklin", ela disse. "Não estou com cabeça pra isso agora, eu queria ficar sozinha."

"*No problemo*", ele disse, deslizando da banqueta e se desmaterializando.

A garçonete trazia o segundo *tequila sunrise* quando ela pediu um terceiro. "Ei, mocinha", disse Anita, "que horas começava mesmo esse karaokê?"

Luntz viu como tudo se desenrolou. A mulher foi a atração da noite, pelo menos na opinião dela. Sentada num banquinho que trouxera do bar e posicionara bem ao lado da engenhoca do karaokê, ninguém ousou interferir com o espetáculo — cantou metade de uma música e falou sem parar durante a outra metade e foi escolhendo logo outra, isso ao longo de duas horas, sem que ninguém tivesse pedido bis.

Vestia um sobretudo azul por cima das mesmas saia cinza e blusa branca em que ele a vira aquela tarde junto ao rio. Uma bela mulher. Com ou sem maquiagem, com qualquer tipo de roupa, bêbada ou sóbria. "Muito obrigada, adoro esta cidade!", ela disse várias, várias vezes.

Parou de ler as letras na tela e, em vez disso, começou a cantar do seu jeito, aí parou de cantar também a melodia e passou a inventar, de olhos fechados, improvisando sobre um cara chamado Hank que tinha coisa com o diabo.

"Essa só com remédio", disse a garçonete.

Luntz não concordou. "Cara", disse ele, "ela é de partir o coração."

De vez em quando Luntz saía para fumar um cigarro à luz das estrelas. O resto do tempo ficou do lado do caixa raspando cartões de loteria instantânea, número por número, um bolo de três centímetros deles, e jogando os raspados sobre o balcão até formar uma bela pilha. Gastou oitenta e ganhou sessenta e cinco pratas.

Por volta da uma da manhã ela já tinha secado o bar e continuava bebendo e murmurando no microfone enquanto a garçonete conversava com sua colega no balcão.

"Eu acho", disse a mulher no microfone, com muito eco, "que aquele ali é Frankie Franklin. Ganhando os tubos na raspadinha."

Ele ergueu a mão e fez sinal de positivo com o polegar.

"O que será que o Frankie vai fazer com tanto cartão de loteria? Acender uma fogueirinha?"

Ela apertou uns botões na máquina e depois de trinta segundos de música atacou direto no refrão: "Come on baby light my fire! Come on baby light my... fi-er!". Parou de cantar, baixou os olhos e desviou seu olhar fixo, então sorriu para o nada.

Luntz caminhou até lá. "Posso pedir um favor? Preciso de uma carona."

"Ah, é?"

"É. Preciso muito."

"Cadê o Cadillac do Frankie?"

"Ah, é. O Cadillac. É verdade."

"Eu vi você no rio, Frankie. Lembra?"

"Eu não me esqueceria de você."

"O carro também acabou no fundo do rio?"

"Era emprestado. E que tal uma carona até o meu motel?"

"Chame um táxi."

"Acho que com você é mais rápido."

"Que motel?"

"O das toras aí do lado."

"Aqui depois do estacionamento? Que gracinha."

"Eu também sou espertinho, como você."

"O das toras. A madeira não fede a mofo?"

"Então: e a minha carona?"

"Eu não sou taxista. Ei, Frankie. Deixe-me pagar mais uma rodada. O que você está bebendo?"

"Isso é uma Coca diet."

"Você não bebe?"

Ele fez uma pausa por algum tempo antes de responder.

"Eu jogo", ele disse.

"E como você ganha a vida? Se eu não estiver sendo inconveniente. O que você faz?"

"Eu jogo. Jogo."

"Joga pra quê?"

"Eu não sabia que precisava de um motivo."

"Isso já está me soando como aquelas conversas sem pé nem cabeça", ela disse.

"Você pode pedir uma lata de cerveja pra mim, mas provavelmente eu não vou conseguir beber inteira. Meu estômago queima fácil. Não posso beber nem café."

Ela aproximou o microfone de sua boca adorável, lançou um olhar à garçonete e falou: "É melhor eu também tomar um café. Puro, por favor". De perto, na penumbra, ele não saberia dizer se ela era mexicana, havaiana ou uma vira-lata meio filipina.

"De onde você é originalmente?"

"Da reserva."

"Como?"

"Da reserva indígena."

"Como?"

"Isso."

A garçonete trouxe um copo de isopor e ela derramou metade do café na própria blusa sem a menor cerimônia. "Eu não preciso de café nenhum, de qualquer jeito. Ultimamente não tenho conseguido dormir mesmo."

"Você também? Eu também não."

"Fiquei dois dias sem dormir, aí tirei uma soneca."

"Dois dias? Por quê?"

"Porque eu não tinha cama, Frankie. E você? Por que você não consegue dormir?"

"Muitos projetos na cabeça. Hoje foi um dia terrível."

Ela olhou bem para ele. "O seu também foi?"

"É, fazer o quê...", disse Luntz.

Ela se levantou, disse "Muito obrigada! Adoro esta cidade!" e saiu porta afora, noite adentro.

Luntz saiu atrás dela porque não aguentava mais.

Ela estava lá fora mexendo na bolsa com uma das mãos, quase se enforcando com a alça.

"Eu largaria tudo por uma mulher como você."

"Deus do céu", ela disse, e caminhou com dificuldade os pouco mais de cinco metros até seu carrinho envenenado.

Ele ficou observando enquanto ela ajeitava o belo traseiro no banco do motorista. Ela viu que ele estava olhando, mostrou-lhe o dedo médio e bateu a porta.

Luntz foi para a outra direção, deu a volta no local e atravessou o estacionamento, até chegar ao motel das Toras. Trinta segundos depois, atento ao som dos próprios passos na calçada, ouviu um cantar de pneus, e em seguida o ronco do motor do carro dela, desacelerando e acelerando outra vez e depois roncando parado logo atrás dele.

Ao tentar brecar em cima dele, ela quase o atropelou. Enquanto ele entrava no carro, a luz do teto iluminou-a difusamente, olhos fixos no para-brisa, tonta de bêbada. "Eu posso fazer o que quiser", ela disse.

As duas primeiras coisas que ela fez ao entrar foram jogar a bolsa na cama e ir direto até o cabide pegar a gravata-borboleta quadriculada dele. Deu uma olhada nela e virou-se para ele, segurando-a no pescoço.

Luntz falou: "Rapaz, como eu queria ver você vestindo só isso e mais nada".

Ela chutou os sapatos de salto para o alto e disse: "Você me daria um copo d'água, por favor?".

Ele encheu um copo plástico na pia do banheiro e trouxe para ela, que tomou tudo em cinco segundos, engasgando entre os goles, e depois foi também ao banheiro, dizendo "refil". Ela não chegava a cambalear, mas caminhava com todo o cuidado.

Luntz pegou a gravata-borboleta e ficou olhando para ela em sua mão.

Na cama, a bolsa da mulher começou a pipilar. Luntz falou: "Quer que atenda o seu telefone?".

Ela saiu do banheiro, pegou o celular no bolso externo da bolsa, voltou ao banheiro e jogou o celular na privada. Levantou a saia, baixou a meia-calça até o joelho e sentou-se, tudo num único movimento, e começou a mijar até que musicalmente.

Luntz falou: "Não estou pra ninguém".

Ele ficou olhando tudo da porta do banheiro e, quando ela tentou pegar a maçaneta e não encontrou, ele disse: "Bem-vinda ao meu humilde lar".

"Fede *sim* a mofo."

Ela voltou com outro copo d'água, bebeu tudo de um fôlego e depois expirou bem alto. Deu-lhe um beijo molhado nos lábios, com bafo de álcool e um ligeiro toque de uma outra coisa ainda pior, vômito talvez, mas ele nem ligou. Ela se afastou e disse: "Você acha que eu estou chumbada demais para saber o que estou fazendo".

"É, acho, e dou graças a Deus."

"Nada disso. Eu sei onde estou. E onde fica o chão."

40

Ela deu um passo para o lado e apontou para baixo.

"Boa."

"A única coisa é que, é que, ei — estou achando gostoso ficar aqui agora com alguém que não fique o tempo todo de papo furado."

"Você deve estar brincando. Meu papo é o mais furado que eu conheço."

"Bem", ela garantiu, "não é o mais furado que *eu* conheço." Ela pegou a bainha da blusa branca manchada de café e esforçou-se para tirá-la pela cabeça, mas só conseguiu erguê-la um pouco, e pareceu perdida ali dentro, agitando-se para os lados em seu sutiã carmim. "Nem de longe", disse ela. Caiu de costas na cama, braços e cabeça enroscados na blusa, um seio saindo do bojo vermelho e a saia cinza levantada quase até a virilha, os pés balançando fora do colchão.

Luntz agarrou-a pelos tornozelos e sacudiu suas pernas para que ela se deitasse direito. Enganchou os dedos no elástico da cintura e tirou a saia e a meia-calça juntas. O corpo dela pareceu fraquejar. Talvez tivesse desmaiado. "Duro na queda", ele disse. Mas se referia apenas ao corpo dela.

Tirou o smoking, o colete quadriculado, a camiseta, a calça.

Afinal ela estava consciente. Ela puxou a blusa presa na cabeça até logo abaixo da altura dos olhos e olhou para ele, falando através das dobras, toda nua da cintura para baixo. "Então — você é garçom?"

"Como?"

"E esse smoking?"

"Não. Eu canto num conjunto."

"Tipo um quarteto?"

"Não. Maior, entre dezoito e trinta vozes, dependendo de quem vem. Às vezes também canto em quarteto. Mas o quarteto não é tão bom. Nunca ensaiamos."

"Mas não o coral. O coral é bom, não?"
"Não. Também não somos tudo isso."
"Frankie Franklin, você é um perdedor?"
"Não quando estou com sorte."
"Quando um cara como você tem sorte?"

Ele tirou a blusa dela pela cabeça e alguns botões se soltaram e voaram no rosto dele. "Porra, querida", disse ele, "você já se olhou no espelho ultimamente? Agora eu estou com sorte."

Gambol conseguia enxergar, mas nada do que ele via fazia sentido. No entanto, não era exatamente como um sonho. Fechou os olhos.

Uma voz de mulher falou algumas palavras, depois as mesmas palavras outra vez, e novamente as mesmas palavras.

Ele disse: "Sai, caralho".

Parecia que ele tinha caído de uma cama estreita e agora estava preso num espaço ainda mais estreito. Suspirou.

Uma mulher disse: "Meu Deus. Bem, pelo menos você está conseguindo se mexer. Dá pra sentar?".

Ele disse: "Quero ficar sozinho".

"Pelo menos, volte aqui e deite direito."

Ele disse: "Não. Sai, caralho".

Percebeu que estava olhando para o teto de um carro. Toda vez que respirava, ouvia um leve craquelar de plástico.

Depois deduziu que devia estar deitado num lençol de plástico dentro de um carro.

A mulher voltou a falar. "É, você hoje está um lixo. Consegue sentar?"

"Sai, caralho."

"Se você conseguir se mexer, eu quero que você entre."
"Entrar."
"Sente-se. Sente-se. Uma coisa de cada vez."

Ele estava sentado num sofá, a perna machucada estendida sobre uma otomana. Olhava para uma televisão numa pequena sala de estar com uma mulher que dizia: "Uau, você já se sentiu como se estivesse no futuro? Quer dizer, tipo ficção científica?".
"Cala a boca. Quem é você?"
"Eu já disse quem eu sou."
"Disse o caralho."
"Então com quem eu estou há meia hora conversando?"
"Eu não ouvi conversa nenhuma nossa."
"Como está essa dor?"
A dor, embora fosse na perna direita, irradiava-se em ondas impressionantes até os dedos do pé e depois subia até a mandíbula. "Bem ruim."
Ela pusera uma bacia ao lado dele no sofá. "Quero que você chupe esse gelo. Só para manter a sua garganta lubrificada."
Parte da dor chegava até o globo ocular direito e vinha também até a ponta do nariz.
"Você está aí?"
"Em algum lugar."
"Dói", ela disse. "Eu sei que dói."
"Você tem alguma droga aí?"
"Ainda não. Está vindo."
"Caralho."
"Segura firme aí."
"Caralho. Meu Deus."
"Não vá se engasgar com o gelo."
"Caralho. Caralho."

Lutar contra a dor só piorava. Gambol resolveu prestar atenção na dor, na sua forma, seu local, seus deslocamentos, e tentar relaxar.

Uma campainha tocou. Vozes falaram num outro mundo, onde as pessoas pensavam coisas que valiam a pena ser ditas. Risos. Silêncio.

Ela veio com uma seringa e falou: "Chegou a cavalaria". Nessa altura a dor já havia dominado todo o seu físico e começara a envolver sua alma. Então a sensação amainou e ficou difícil de localizar, e, contanto que ele não tentasse se mexer, tudo ficou bem legal.

"Quer um copo d'água?"
"Boa."

Ela trouxe um copo e um canudo. Ele mal conseguia engolir, mas foi bom. "Beba o quanto puder. Cuidado com a agulha, querido. Não mexa tanto essa mão. Use a outra."

Ele não havia notado a solução endovenosa no pulso esquerdo. "Estou paralisado."

"Eu não tinha sangue pra você."

"Sei. Não servia sangue de cavalo, certo?"

"Como?"

"Você é veterinária, não?"

Ela deu risada e disse alguma coisa que ele não conseguiu ouvir.

Ela o acordou, deu-lhe alguns remédios e segurou o copo enquanto ele chupava o canudo até beber tudo. A luz que os envolvia parecia a da manhã. Mas também podia ser de noite. "Você tem café?"

"Café não vai ajudar agora."

"Só quero uma xícara de café."

O cheiro era maravilhoso, mas o gosto pareceu-lhe estranho através de um canudo. "Só me deixe beber isto aqui."

"Claro."

A mão dele parecia estar enluvada. Ela o ajudou a prender o dedo na alça da xícara.

"Me dá essa porra."

"Eu já dei. Relaxe."

Ela ligou a televisão. Ele bebericou o café e ficou olhando a tela colorida.

Pouco depois ele disse: "Preciso de um carro. E vou precisar de uma arma".

# PARTE DOIS

Jimmy Luntz acordou no motel das Toras e ficou vinte minutos sentado na cama, fumando Camel e olhando para a mulher dormindo ao seu lado. Só observando a respiração dela. Ergueu as cobertas delicadamente. Ela era inteirinha morena. "Ah, tem razão", disse ele, "você é índia."

A mulher nem se mexeu.

Ele levou o estojo de barba para o banheiro. Antes de esvaziar a bexiga, pescou o celular dela da privada e deixou em cima da caixa de louça. Anita. Não tinha dito o sobrenome.

Demorou-se na barba, caprichando, ficando bonito. Mal se lembrava da última vez em que acordara com uma mulher desconhecida. Bonita desse jeito, pelo menos, nunca.

Saiu nu e deu com ela acordada, sentada na beira da cama. Também nua. Com um revólver na mão.

Na outra mão tinha um cartão de crédito. "O que é isto?"

"Uau", disse ele, "me diga você."

"O que é isto aqui?"

"Parece um American Express", ele falou. "Uau."

"Você disse que o seu nome era Franklin."

"Bem, não é."

"É Ernest Gambol."

"Também não."

Com os dedos, ela jogou para o alto o cartão, que atravessou o quarto. "Então como você se chama *afinal*, que mal lhe pergunte, uma vez que acabamos de trepar e tudo o mais?"

"Jimmy Luntz."

"Quem é Ernest Gambol?"

"O Gambol é um grande de um babaca."

"Tão babaca quanto você?"

"Mais. Minha opinião."

"Na minha opinião, babaca é quem rouba carteira."

"O problema da arma", disse Luntz, "é que às vezes ela dispara."

"Não estou apontando pra você."

"Estou falando da outra."

"Que outra?"

"A que eu usei para atirar no Gambol."

Ela fechou os joelhos e puxou o cobertor até cobrir a virilha. "*Agora* está apontada para você."

"Não me diga. É minha única preocupação agora, essa arma."

"Foi o que eu pensei ontem. Vi você no rio Feather, está lembrado? Pensei comigo, espere, aquele cara está com uma arma. Depois, tchibum. A arma sumiu."

"Eu também vi você."

Ficou fazendo mira nele por um longo tempo sem dizer nada. Ela se levantou. Luntz foi recuando até encostar os ombros na parede.

Com a bolsa numa das mãos e a arma na outra, ela entrou no banheiro e fechou a porta. Passou o trinco. Luntz ouviu o chuveiro ligar. Deixou o ar sair de seus pulmões.

Acendeu e, de um trago, queimou metade de um Camel, inalando fumaça a plenos pulmões.

Com o cigarro nos lábios, agachou-se e pegou a sacola de lona branca de Gambol debaixo da cama e abriu. Achou seu último par limpo de meias e cueca. Não tocou na arma de caça.

Ficou de meia e calção, abriu a porta e jogou no estacionamento os últimos centímetros de brasa do cigarro e observou uma viatura local parando no escritório do motel. Um Chevrolet Caprice verde, noventa e pouco.

Luntz sentou-se na cama, cobriu-se com os próprios braços, fechou os olhos e ficou ali sentado balançando a cabeça.

Assim que bateram ele correu para a porta, mas parou um passo antes. Pigarreou e disse: "Quem é?".

"Polícia."

"Dois segundos."

Luntz pôs a mão na maçaneta e inclinou a cabeça esperando um pensamento que não veio. Mais quatro batidas. Abriu a porta e disse "Bom dia!" para um rapaz de uniforme.

"Bom dia. Senhor Franklin, certo? Como vai?"

"Eu?", disse Luntz. "Cada vez melhor."

"Que bom. O senhor sabe alguma coisa sobre o Cadillac estacionado lá na pista de decolagem?"

"Não. Um Cadillac, é?"

"Tem um Cadillac Brougham estacionado lá, e o senhor Nabilah me disse que o senhor chegou sem carro."

"Eu? É. Não. Quer dizer, isso. Quem é o senhor Nabilah?"

"O gerente. Ele achou que talvez fosse seu o Cadillac lá."

"Certo. Oh. Claro."

"E parece que tem sangue no pneu traseiro esquerdo, um bocado de sangue. Será que o senhor não atropelou um cachorro?"

"Não. O carro não é meu. Eu nem tenho carro."

"Tem um buraco atrás na lateral que parece de bala."

"Pelo amor de Deus!", disse Luntz.

"Eu poderia ver seu documento?"

"Documento? Claro. Nossa, cadê minha calça?"

Naquele momento Anita saiu do banheiro enrolada numa toalha, o cabelo preto escorrido todo para trás, e deu um sorriso que teria excitado Jesus Cristo. "Soldado Rabbit!"

"Sou eu", disse o soldado, e então: "Oh, senhora...".

"Isso mesmo, ainda é senhora Desilvera", disse ela. "Só por mais seis meses."

"Oh, claro", o soldado disse, "é o seu Camaro aí fora. Quer dizer, parece com ele. Quer dizer, é. É o seu carro mesmo." Virou-se para olhar o carro dela, que estava atravessado ocupando três vagas atrás dele.

"Todo meu. Algum problema?"

"Problema nenhum. Só estava verificando esse Cadillac lá na pista. Se ninguém vier procurar, terei que chamar o guincho."

"Por mim pode guinchá-lo até a lua", disse Luntz. "Não é meu."

"Ele está comigo", Anita disse.

"Certo, isso esclarece um pouco as coisas. Obrigado."

"Fico feliz em ajudar", disse Anita. "Posso me vestir agora?"

"Claro", disse o soldado.

"E você vai ficar assistindo?"

"Oh!", disse ele, e sorriu. "Tudo bem. Tenham um bom dia, pessoal."

Luntz disse "Você também", e bateu a porta na cara dele e sentou-se de novo na cama.

Anita deixou cair a toalha e pôs o pé dentro da saia. Luntz não tirava os olhos dos seios dela.

Ela afivelou o sutiã. "Esse é o soldado Rabbit."

"Talvez seu primeiro nome seja Jack, hein?"

"O soldado Rabbit me deu aula de tiro."

"Você tem mesmo porte de arma, essas coisas?"

"Eu tinha. Foi revogado." Pegou a blusa no chão. "O soldado Rabbit estava falando do seu Cadillac?"

"Não é meu Cadillac."

"Era o seu Cadillac quando eu vi você jogando o revólver no rio Feather."

"Era emprestado."

"A arma ou o carro?"

"Os dois."

"Como você disse que era o seu nome?"

"Jimmy."

"Posso pegar o Cadillac emprestado, Jimmy?"

"Qual o problema com o seu Camaro?"

"Muita gente conhece."

"Como o soldado Rabbit, por exemplo."

"Você me dá a chave?"

"A porta está aberta", disse ele. "Deixei a chave embaixo do tapete. Mas eu não aconselharia ninguém a passear por aí com aquilo."

"É roubado?"

"Legalmente, acho que não. O Gambol não se arrisca com a polícia."

"Gambol? Achei que você tinha atirado nele."

"Ele não morreu."

"E deve estar correndo por aí atrás do carro?"

"Provavelmente não. Ainda não. E se estiver, está correndo numa perna só."

Luntz ficou olhando-a sentar-se na cama e enfiar os dedos nas pernas da meia-calça, e depois se pôr de pé subindo a saia e rebolando para ajeitar direito a calcinha. Esticou a barra e alisou a saia. Um de cada vez, posicionou os sapatos altos com os pés e se calçou. Vestiu o casaco e abriu a porta.

"Espere um pouco", disse Luntz, "queria conversar com você. Quer dizer, sobre ontem à noite."

"Como você se chama mesmo?"

"Jimmy Luntz. Eu adorei ontem."

"Foi só uma noite, Jimmy."

"Eu sei. Certo. Mas talvez pudéssemos tomar café ou alguma coisa juntos."

Deixando a porta entreaberta, ela entrou no banheiro, voltou e deu para ele seu celular. "Fique com esse telefone. Se ainda estiver funcionando, quem sabe, se der eu ligo pra você."

Com uma pequena saudação, ela saiu porta afora, e ele ficou sentado ali segurando o telefone dela por dez minutos.

Então pôs de lado o celular, bateu duas palmas e se levantou. Vestiu-se e arrumou suas coisas. Não tinha nenhum casaco além do paletó branco do smoking. Guardou o celular no bolso interno do paletó. Pegou a sacola de Gambol pela alça e deu uma olhada ao redor para ver se não tinha esquecido nada. Bateram na porta.

Ele abriu depressa. Não era Anita.

Dois homens de aparência impecável estavam ali parados lado a lado, um deles mostrando um distintivo. "FBI."

Luntz exclamou: "Uau!".

O homem guardou o distintivo e disse a Luntz os nomes de ambos, mas Luntz não escutou.

"Uau!", disse ele. "Por um segundo achei que fossem testemunhas de jeová."

"Posso saber o nome do senhor?"

"Franklin. Mas, olhe, estou de saída para pegar meu ônibus. Estou atrasado, aliás."

"Senhor Franklin, onde está a senhora Desilvera?"

"Senhora o quê?"

"A que estava aí com o senhor."

"Oh. Não sabia o sobrenome dela. Só o nome."

"Vocês são muito amigos?"

"Eles se tratam pelo nome", disse o outro.

"Eu a conheci ontem à noite."

"Exato. Nós sabemos disso."

O outro disse: "O que o senhor tem na sacola? Dois milhões de dólares?".

"Como?"

"Ela contou que embolsou uma bolada de dinheiro que não lhe pertencia?"

"Nós mal nos conhecemos."

"Nós compreendemos", falou o mais simpático. "Ela disse aonde ia?"

"Não, senhor. Destino ignorado."

"Deixe-me esclarecer a situação para o senhor. Em poucos dias a sua amiga vai se declarar culpada de um desfalque de dois milhões e trezentos mil dólares." Ele esperava uma reação e pareceu satisfeito com o silêncio perplexo de Luntz.

"O senhor não sabia disso, não é?", disse o outro.

"Não, senhor. Não mesmo. Desfalque — é um crime federal, não?"

"Ela vai se declarar culpada das acusações do Estado. Mas até o dinheiro voltar a quem pertence, estamos muito interessados nela. Indiciamentos federais não estão fora de questão. O senhor poderia nos mostrar algum documento?"

Luntz tirou a carta de motorista e deu a ele.

"Entendi que o seu nome era Franklin."

"É, mas isso foi antes de eu saber quem eram vocês."

"Eu disse quem éramos."

"Oh", disse Luntz, "é verdade. Acho que me confundi então. Achei que vocês fossem testemunhas de jeová."

"É mesmo?"

"Olhe só, preciso pegar meu ônibus para o sul em quinze minutos. Quer dizer, agora, em dez minutos."

"Quando o senhor vai se encontrar de novo com a senhora Desilvera?"

"Nunca. Fiquei com a impressão de que foi, vocês sabem — coisa de uma noite só."

"Uma noite só?"

"É como eu vejo a coisa."

"O que tem na sacola? Essa sacola não é dela, é?"

"É minha. Minha bagagem, só isso."

"Aposto que você queria que fosse a bagagem dela."

"Quer dizer que o dinheiro está com ela?"

"Ela estava levando alguma coisa, senhor Luntz?"

"Quer dizer uma sacola com um cifrão?"

Nenhum deles riu.

"Só tinha uma bolsa", disse Luntz. "Desse tamanhinho."

"O senhor se importaria se déssemos uma olhada no quarto?"

"Fiquem à vontade. Eu já desocupei o quarto. E estou mesmo atrasado, então... claro."

O mais simpático levantou o indicador. "Meu telefone." Deu alguns passos para trás e o outro foi junto, dando as costas para Luntz, o primeiro com o telefone na orelha, falando. Parecia que o outro também estava falando. Um telefonema falso. Luntz acendeu um cigarro enquanto eles chegavam a um acordo.

"Tudo bem se eu for embora?"

"Tudo bem. Vamos anotar o seu nome, senhor Luntz."

"Certo. Tomara que eu consiga pegar o meu ônibus."

Afastaram-se para ele passar, e o mais simpático disse: "Boa sorte".

"Eu nasci com sorte."

Luntz se mandou depressa sem olhar para trás. Não sabia aonde estava indo.

No bolso, o celular começou a tocar.

\* \* \*

Gambol fechou os olhos. Sentiu a cabeça pender para a frente e viajou de roda-gigante por uma série de desenhos animados brutais.

Ele tremia, mas não estava com frio. Quando tremia, a dor inchava a perna direita.

"Quero outra dose."

"Só daqui a duas horas", disse a mulher. "Isto aqui não é uma casa de ópio."

Ele abriu os olhos. Estava com um penhoar azul de náilon cheio de babados. Provavelmente da mulher.

"Onde estão as minhas roupas?"

"Quantas vezes você ainda vai me perguntar isso?"

"Vá se foder."

"As suas coisas foram para o lixo junto com tudo o que estava sujo de sangue."

A cabeça de Gambol caiu, e ele viu o rosto de Jimmy Luntz.

A paisagem tinha aquele tom aloirado, dos vales dos vinhedos. Alguns pinheiros. Carvalhos. Pomares. Sítios. Sol e silêncio. Eles iam para o sul, passando Oroville, em busca de um shopping. As placas diziam velocidade máxima cem. Luntz estava dentro da lei. Deixara uma fresta em sua janela que tragava a fumaça de seu cigarro para longe do rosto de Anita.

Luntz disse: "Um cara que trabalhou num cassino em Vegas me contou desse hippie. Um sujeito que vem do deserto no meio da noite e entra no cassino todo molambento de alpargatas mexicanas e camiseta de manchas coloridas e aquelas calças largas indianas, e vai direto para a roleta e tira de um saquinho amarrado no cinto uma moeda de vinte e cinco centavos. Coloca a moeda no preto. A bolinha para no vinte e dois preto. Ele deixa, dobra de novo, muda para o vermelho, dobra o dólar, pega seus dois dólares e vai para o vinte e um, onde ganha dez vezes seguidas, dobrando todas. Dez seguidas. Sério. Dois mil e quarenta e oito dólares. Ele pega suas fichas, vai para os dados e começa apostando com o lançador, dobrando tudo que o lançador aposta. A casa monitora o cara há duas horas e aí começa a encher o hippie de comida grátis e ele já está bêbado de tanto drinque grátis, e ainda está nos dados, com uma multidão ao redor, apostando duzentos dólares por jogada. Às três da manhã ele já está montado em mais de seis mil, a partir de um investimento inicial de uma moeda, vinte e cinco centavos. Quando, de repente, em quatro ou cinco apostas altas, acabou — ele perde tudo. Fica ali parado um minuto... todo mundo olhando pra ele... Ele fica ali... E todo mundo grita: 'Outra moeda! Outra moeda!'. O velho hippie balança a cabeça. E cambaleia de volta para o deserto depois de uma noite infernal num cassino de Vegas. Uma noite que eles lembram até hoje. Custo total de vinte e cinco centavos. Uma noite inesquecível para ele".

"Para uma pessoa que não toma café", Anita disse, "você até que fala bastante."

"Ajuda a não pensar em outras coisas."

"Que outras coisas?"

"Coisas como saber quem é você e o que diabos você quer."


A fumaça de cigarro em suas narinas acordou Gambol, e ele tossiu, e a mulher disse "Desculpe", abanando com a mão.

"Muita gente tem parado hoje em dia."

"Em que século você está, cara? Eu sou a última fumante do planeta."

"Há quanto tempo eu estou aqui?"

"Você não se lembra de ontem?"

"Que dia foi ontem?"

"Você estava andando e falando."

"Andando?"

"E xingando. De um jeito muito criativo. Enfiei a cabeça naquele buraco, e você pulou fora e andou até o meu carro. Aí", ela disse, "não consegui mais tirar você do carro. Tive que fazer tudo no banco de trás mesmo. Assepsia da ferida e tudo o mais. O banco traseiro de um Lumina não é lugar para fazer isso."

Gambol fechou os olhos. "Sinto como se pesasse dez toneladas."

"Você perdeu muito sangue. Bastante mesmo. Dei a você um litro de plasma. Só glicose e água."

"A sensação é de que ele atirou no meu osso."

"Não acertou no osso. Ou você estaria agora numa UTI para tentar salvar a sua perna e provavelmente conversando com um investigador."

"Eu não falo com investigadores."

"E não pegou na artéria principal, ou você estaria morto."

Na praça de alimentação do shopping de Oroville, escolheram o reservado mais afastado, e Jimmy que se dissera Franklin só olhava para ela, ignorando totalmente sua Coca-Cola. Ela tomou um grande gole de vodca com Seven Up e disse: "Oh, bem... eu apareci de novo na televisão?".

"Como você conseguiu pôr a mão em dois milhões e trezentos?"

"Não disseram na televisão? Ah, você cria um fundo para construção de uma escola, consegue um empréstimo, mexe nos computadores, transfere daqui para lá, e pimba — o dinheiro é seu."

"Gananciosa."

"Depois o dinheiro some na mesma hora, e a lista de suspeitos é muito pequena. Então alguém vai preso."

"Bem", disse ele.

"Bem, o quê?"

"Acho que você foi gananciosa de pegar, mas não cruel o bastante para incriminar um otário. Desculpe o meu francês", ele acrescentou, "mas lá de onde eu venho é assim que chamam o cara que é sacrificado."

Ela riu sem se impressionar. "Ah, com certeza, tem um otário", ela disse.

"Se você já escondeu o dinheiro, isso é o certo, vagar por aí como se estivesse falida. É o certo. Mas se o dinheiro está com você, por que você simplesmente não desaparece?"

"Por uma única razão. Eu vou a julgamento com uma confissão em troca de um acordo. Condicional e restituição do dinheiro pelo resto da vida. Se eu perco essa data, o juiz anula o acordo e eu pego pena máxima. Ou seja, seis anos no mínimo."

"É, é uma longa espera para gastar seus dois milhões."

"Já perdeu a conta? São dois e trezentos."

"O que são trezentos entre amigos?"

"Eu não tenho amigos. E estou completamente falida."

"Não para os federais de jeová."

"Eu não tenho dinheiro nenhum. Só sei quem tem e como conseguir."

Nem mais um comentário inteligente do senhor Jimmy.

"Não se interessou?"

"Você é toda interessante."

Esse Jimmy era o próprio rato de rodoviária, mas um sujeito bastante simpático. Insistiu para que ela aceitasse dois Benjamin Franklins antes de saírem do shopping. "Você está comigo agora."

"Isso ainda não está decidido."

"Com esse 'agora' quero dizer agora — neste segundo. Pelo menos você já fica com duzentos."

Jimmy a levou até a JCPenney's, onde ele pegou algumas peças genéricas embaixo dos braços e entrou no provador com calças pretas brilhantes e o paletó branco do smoking e saiu de calças largas de algodão cáqui e uma camisa de flanela xadrez.

"E aquelas coisas chiques?"

"Deixei lá no chão. Uma pilha daquelas coisas.

"Você é rápido."

"Hoje em dia a vida é rápida."

Ela escolheu um tailleur genérico JCPenney, uma blusa JCPenney, uma saia JCPenney e a melhor lingerie que eles tinham, o que não era grande coisa. Enquanto Jimmy esperava lá fora por um momento ela se olhou nua no provador, humilhada com aquelas roupas e com muita raiva no coração. JCPenney.

Ela vestiu o tailleur cinza, risca de giz, e conferiu se estava com os ombros para trás e um sorriso no rosto antes de abrir a cortina. "Ficou bom?"

Ele olhou, e depois pegou um Camel e o colocou na boca, percebeu onde estava, jogou o cigarro na sacola da loja. "Ficou."

"Você é um amor", ela disse, e de certa forma achava mesmo. Mas não como um elogio. "Você não tem onde morar, tem?"

"Eu tenho. Só não vou voltar mais lá, só isso."

"Quer dizer que tudo o que você tem está nessa sacola aí."

"Tudo o que eu preciso."

"E a sua sacola branca de lona — o que tem lá?"

"Todo o resto que eu preciso."

"Eu sei o que tem nela. Uma escopeta de cano serrado."

Ele não pareceu nem um pouco surpreso. "Não é escopeta de cano serrado, tem empunhadura de pistola. E não é minha."

"Dei uma olhada na sacola quando você estava no banho."

"E depois fechou direitinho o zíper", disse ele. "Muito bem."

Jimmy Luntz foi para o norte com o Cadillac. Ficou de olho na velocidade e manteve-se no limite. Mais uma vez passaram pela paisagem aloirada. Vinhedos aqui e ali, muitos vinhedos. Vinhedos ou pomares de árvores bem baixas. Perguntou a ela se eram vinhedos.

"Que importância tem isso? Você é especialista?" Anita bebia um copo descartável grande de Sprite, batizada com vodca.

Pomares. Uma barraca na beira da estrada vendia peras asiáticas e anunciava PERAS AISIÁTICAS. Depois subida, estrada cheia de curvas. Perderam o sinal da rádio de jazz. Ele achou outra, só rock de macho. Curvas fechadas, pinheiros muito altos e rock de macho. "Aquilo é o rio Feather?"

Como resposta, ela deu um gole comprido e tossiu.

"Essas árvores não acabam mais", ele disse.

"É por isso que chama floresta, é a famosa floresta. Espero que a gente não precise acampar."

"A gente vai, se eu não encontrar esse lugar antes de escurecer."

"Escute, Jimmy — quem é esse cara?"

"Eu conheci em Alhambra."

"É uma prisão?"

"É uma cidade a uns quinhentos quilômetros daqui. No seu estado. Califórnia."

Ela apertou o botão e desceu o vidro e o vento urrou dentro do carro enquanto ela calibrava o copo vazio ao som baixo e musical da garrafa chacoalhando atrás deles.

"Você é simpática", disse ele, "quando está sóbria."

"Você já me viu sóbria?"

"Acho que sim, durante um minuto."

Ela inclinou-se para trás no descanso de cabeça e fechou os olhos.

Luntz desligou o rádio e ficou olhando para a direita e para a esquerda, procurando um lugar, uma placa, qualquer coisa.

Um tempo depois ela abriu os olhos. "Qual é o seu plano?"

"Por enquanto o meu plano é que eu não posso voltar e não posso ficar aqui. O plano é esse até agora."

"Você entendeu. Qual é o plano?"

Luntz enrolou vinte segundos, puxando um cigarro. Acendeu no console entre eles. "Acho que se você está querendo um matador é melhor continuar procurando."

"Você disse que atirou no Gambol."

"Na perna. Devia ter metido mais duas balas na cabeça dele, só pra constar. Mas em vez disso tive pena. Você não vai querer um cara que tem dó no coração."

"Eu quero é saber qual é o seu plano."

"Eu ainda não disse que concordava. Vamos sentar com papel e caneta e ver os prós e os contras."

"Ótimo."

"Não diga isso ainda. Espere até eu dizer sim."

"Só espero ter escolhido o cara certo." Como Luntz não falava nada, ela acrescentou: "Não se ofenda".

"Não estou ofendido. Só acho uma bobagem você agir como se tivesse outra opção."


A mulher era o que se diria uma loira corpulenta, de jeans e camiseta e imensas pantufas de pelúcia cor-de-rosa. Ela fumava seus cigarros e via programas de crimes e simulações de julgamentos na televisão enquanto Gambol balançava a cabeça sozinho e assistia a desenhos animados dentro de sua cabeça. Ela ria um bocado com esses programas, e quando ela ria ele acordava e ficava olhando ela rir.

"Cadê o veterinário?"

"Veterinário?"

"O Juarez disse que ia chamar um veterinário para tratar de mim."

"Vet, não é? Então acho que sou eu."

"De que tipo de animais? De grande porte? Gado? Ou de estimação?"

Ela deu risada e um gole — alguma coisa alcoólica —, descansou o copo e acendeu outro cigarro. "Eu sou uma *veterana*. Fui enfermeira do Exército por vinte e um anos, três meses e seis dias. Atendi muito trauma de guerra." Ela soltou a fumaça bem para o alto para evitar soprar na cara dele. "Eu sou é veterana, não veterinária."

"Como a senhora se chama?"

"Mary. E você?"

"Vá se foder."

"Foi o que pensei."

Ele apagou e deu quatro tiros na virilha de Luntz, esperou para vê-lo sofrer, e antes de ir embora deu mais dois na cabeça.

Com a última luz do dia, estacionaram o Cadillac e saíram. Atrás do edifício o terreno tinha um aclive que dava num minúsculo cortiço de barracas armadas na beira do rio, uma meia dúzia de trailers, caminhonetes, algumas motos. Ela perguntou se era algum tipo de esconderijo de bandidos, e ele disse que era a taverna Feather River, só isso.

Entraram num grande café de piso esburacado e mesas gastas com uma vista espetacular do campo de algodão, que deixava cair tufos de sementes dentro do rio escuro e dos trailers.

Jimmy olhou de relance para o homem no balcão e disse: "Uau!", e sentou-se numa mesa de costas para o bar. "Sente aqui", falou para Anita.

Ela sentou de frente para ele. "É ele?"

"Quem eu quero, não." Jimmy falava de mãos postas, tocando as pontas dos dedos. "Ele está olhando?"

"Não."

Jimmy olhou de esguelha mais uma vez para o homem, e falou: "Certo, vou arriscar. Pergunte se ele sabe de alguém interessado em comprar uma Harley. Como se tivéssemos uma moto pra vender. Sem tocar em nomes".

"Ele está vindo."

Jimmy se levantou. "Pede uma Coca pra mim?" Ele tocou em seu braço com dois dedos ao passar por ela.

O outro sujeito se aproximou. Era torto e ossudo, e os joelhos de sua calça jeans raspavam quando ele caminhava. "Temos o especial do dia. Truta." Ele usava uma bandana vermelha por cima de cabelos grisalhos e desgrenhados, curtos dos lados e compridos atrás.

"Acho que só duas Cocas, por favor."

Atrás do balcão, ele abriu duas latas e serviu-as nos copos com gelo, olhando o tempo todo para ela com uma expressão que não era exatamente de desejo masculino. Mais para inveja. Quando Anita entrara na puberdade, sua mãe passara a olhar para ela daquele jeito.

Ele trouxe as Cocas para ela e colocou-as na mesa, cada uma com um guardanapo. Os dedos dele eram compridos, as unhas também. No anular esquerdo havia uma turquesa grande.

Anita disse: "Tenho uma Harley que estava pensando em vender. Você sabe de alguém que poderia se interessar?".

"O John está lá atrás. Seria com ele."

Ela bebericou a Coca e sentiu falta da vodca. Jimmy voltou do banheiro, escondendo o rosto ao assoar o nariz com uma toalha de papel, e sentou-se de novo na frente dela. "O que ele disse?"

"Disse que o John está lá atrás."

"É ele que eu quero."

Pôs uma nota de cinco na mesa e saíram deixando as Cocas e os guardanapos e deram a volta no local. Jimmy desceu o morro. Ela tirou os saltos e foi atrás, na ponta dos pés e balançando os sapatos nos dedos de cada mão.

Ao lado de um trailer em formato de gota, um motoqueiro barbudo de macacão estava numa cadeira mexendo num violão velho, o violão deitado no colo e a cabeça inclinada para a frente. Nem ergueu os olhos da operação, mas disse: "Está ficando escuro demais para enxergar essa merda".

Jimmy falou: "Você toca mesmo essa coisa, J.? Eu não sabia".

"Preciso antes pôr corda."

Jimmy não falou mais nada. O homem levantou a cabeça. Espalmou as mãos no corpo do violão. "Acho que o que eu queria dizer aqui é: 'O que significa isso?'."

Jimmy tirou um lenço branco do bolso de trás, abriu-o no degrau do trailer e sentou-se em cima. "Antes de mais nada."

O motoqueiro mediu Anita com os olhos e então se virou para Jimmy e ficou mudo.

Jimmy disse: "Antes de mais nada, eu não fico me metendo na vida de ninguém. O que é segredo, é segredo".

"Até aí tudo bem."

"Esta é a Anita. Este é o meu amigo John Capra. Nós o chamamos de J."

O homem se levantou um pouco e disse a Anita: "Quer sentar?". Ela fez que não. Ele voltou a sentar e segurou o violão delicadamente no colo. "É um mundo estranho."

"Você viu se o Papai Noel apareceu por aqui na primavera? Aquele que chamamos de Papai Noel?"

"De barba branca?"

"Que trabalha no shopping todo Natal."

"Eu vi, sim", disse Capra. "Acho que ele não me viu."

"Sei. Ele viu, sim."

"Mande um abraço na próxima vez que o vir."

"Não", Luntz disse, "sem essa de próxima vez."

Capra ficou quieto.

Jimmy pôs os cotovelos nos joelhos e inclinou-se para a frente. "Quem é o cara lá dentro, Capra? No café? Sally Fuck?"

"Possivelmente. Se for, o nome dele seria Sol Fuchs. Ele não gosta de ser chamado de Fuck. Mas é o tal negócio — sobrenome é assim, cara." Capra tocou uma das cordas e apertou uma cravelha no braço do instrumento até tirar um som plangente. "É uma situação toda cagada. Estamos incógnitos aqui, você sabe, não é?"

"Todos estamos. Todos nós."

Anita estendeu a mão e disse: "Anita Desilvera. E este é o meu amigo Jimmy Luntz".

Capra pegou a mão dela delicadamente e disse: "O.k. Agora todo mundo já mostrou o pau".

"Prazer, encantada."

Capra deu risada. Parou de rir. "Porra de Papai Noel. Quem mais sabe?"

"Todo mundo pra quem ele contou. Mas ninguém acredita nele."

"Você acreditou."

"Na verdade, não. Mas estou meio em apuros, então precisei arriscar um pouco, qualquer coisa era melhor que nada."

"Do que você precisa, Jimmy?"

"Lembra quando deixei você ficar comigo e a Shelly?"

"Eu te devo essa, Jimmy. É um fato."

"Precisamos ficar na moita um minutinho. Pensar em algumas alternativas."

Capra enroscava a barba no dedo e puxava. "Quantos dias? Espero que sejam dias, cara, e não semanas."

"Não sei ainda."

"Não importa. Eu devo. Mas o lugar é do Sol, não meu. O que eu posso fazer é falar com ele."

Anita disse: "Até quarta-feira que vem".

"Que dia é hoje?"
"Não sei."
"Sábado", disse Jimmy.
"Até quarta acho que tudo bem." Capra se levantou, guardou o violão no assento da cadeira e começou a subir o morro. Já estava escuro.

No pé da escada ao lado do café, Jimmy esperou enquanto ela batia as solas e calçava seus sapatos de salto, e então foram subindo atrás do Capra até a pequena varanda antes da porta. Capra tirou uma chave do bolso, deixou-os entrar e acendeu a luz no interruptor da parede. Cama, fogão, geladeira. Piso de madeira com o verniz todo arranhado. Cortina de lençol. "Vocês podem comer no restaurante pelo preço normal, ou fazem uma lista que eu trago numa caixa do mercado. Vocês decidem. Vou falar com o Sol sobre vocês ficarem até quarta."

Anita sentiu sob eles a gigantesca calma do estabelecimento vazio embaixo da escada. "O restaurante está fechado?"

"Está aberto. Mas a maior parte do pessoal está em Bolinas para o encontro de motoqueiros." Capra olhou-a de cima a baixo e pareceu examinar cuidadosamente seu rosto. "E o que acontece na quarta?"

"Quarta é o julgamento."
"Ah, é. Bem que estava te conhecendo."
"Ninguém me conhece."
"Você está mais para infame do que para famosa."
"Isso é pura mentira", disse Anita.
"Essa é boa!", disse Jimmy. "John Capra não morreu."
"Não. A minha velha precisava da pensão. É um absurdo. Quebrei o galho dela. Sumi."
"Como bom cavalheiro", disse Anita.
"É, foi sim, dona. Conheço pelo menos vinte sujeitos que a levariam para o deserto de Mojave e a enterrariam viva por uma coisa dessas."

"Não foi o que eu quis dizer", disse Anita.

Capra pôs a mão na maçaneta e olhou para ela, mas estava falando com Jimmy. "Essa é bonita que dói. De salto alto ou descalça, tanto faz."

"E ela canta, ainda por cima."

"Não dá para saber se ela tem muita alma ou uma eletricidade psicótica."

Anita disse: "Vocês sempre falam sobre a pessoa como se ela fosse invisível?".

"Geralmente só mulher."

Era uma dessas quitinetes de estudante hippie com cheiro de cocô de gato, incenso, um pouco de roupa suja, louça suja. Ela disse, só para irritar: "Será que alguém, você sabe... Vem limpar?".

"Eu disse que devia essa. Não disse que era escravo dele." Capra fechou a porta com cuidado, e as janelas tremeram enquanto ele descia a escada.

Jimmy acendeu um cigarro e falou: "Querida? Cheguei!".

Anita disse: "Pode fumar aqui?".

"Pode. Eu fumo."

"Certo, então. Fume."

Soprou a fumaça e abriu o que parecia ser a porta de um closet. "Tem até banheiro. Sem banheira."

Anita sentou-se na cama. "Nossa, o colchão parece de areia movediça, me ajude aqui!"

"Não saia daí. Já volto." Ele saiu e ela ouviu as janelas tremerem enquanto ele descia, e então se deitou no travesseiro de plumas sem fronha. Fedorento. Minutos depois, alguém fazia novamente as janelas tremerem ao subir pela escada.

Era Sally — Sol — com lençóis e um cobertor. "Nojento, nojento, nojento", disse ele, "mas ainda assim é maior que o meu. Tenho um estúdio lá embaixo do lado da cozinha." Estava de pé ao lado da cama com cara de mau, embora sorrisse. "Até que ajuda morar perto do trabalho — começo na cozinha às seis da manhã de qualquer jeito. Tudo bem pra você, querida?"

"Claro."

"O inquilino acabou de sair. Nosso plano é arrumar tudo e mudar semana que vem. Eu e o J."

"Quer dizer que você e o J....? Vão se mudar pra cá?"

"Isso, vamos. Eu e o J. A situação é essa."

"O.k.", ela disse.

"Não custa tentar. Pelo menos ele não vai embora. Está preso aqui."

"Quer dizer que vocês já se conheciam de Alhambra?"

"Alhambra, Estados Unidos. Jimmy acabou com a vida dele lá, não é? O fato é que isto tudo é uma grande coincidência. Eu fiquei um pouco em pânico lá embaixo."

"Bem", ela disse.

"Quem está atrás dele? A polícia ou o Gambol e o Juarez e aquele pessoal simpático deles?"

"Gambol", disse Anita. "Quem é Gambol?"

Sally ainda estava segurando as toalhas. Tirando fiapos do tecido com uma das mãos. "Então é o Gambol mesmo."

"Não sei. O nome soou familiar."

"O Gambol", disse Sally, "está sempre rondando."

"Não acho que o Jimmy fugiria de um cara desses."

"Então qual seria o motivo para ele fugir?" Olhou para Anita. "Oh. Claro."

Quando Sally foi embora, Jimmy voltou com a sacola de lona e suas compras da JCPenney e deixou tudo ao lado da porta do banheiro. "Os bens materiais."

Anita não disse nada, fazendo a cama.

Jimmy abriu um sorriso forçado, enfiou as mãos nos bolsos e ficou olhando. "Como vai o velho Sally Fuck?"

"Ele me pareceu muito simpático."

"Ele não é, nem de longe."

"Quem é o Juarez?"

Jimmy acendeu um cigarro.

"Ou será que ele quis dizer Juarez, o lugar?"

"O Sally disse alguma coisa sobre o Juarez?" Jimmy deu um trago e soprou a fumaça pela porta para dentro do banheiro. "Juarez não é o lugar. É um cara dono de algumas espeluncas, boates e casas de striptease. O Sally sumiu dois ou três anos atrás com um bocado de dinheiro, e colocaram uma recompensa pela cabeça dele. Não era dinheiro do Juarez, mas o Juarez é o tipo do cara que vai cobrar as coisas."

"Recompensas, por exemplo?"

"Isso. Você é rápida. Escute. Haja o que houver, não diga nada ao Sally sobre a situação."

"Que situação?"

"Isso, exatamente. Você entendeu. Não fale com ele."


Mary sabia que seu paciente era importante para Juarez. Ele havia prometido vinte mil para ela se pusesse seu homem de pé e andando. Juarez não havia dito o que lhe daria se tudo saísse errado.

Para Mary, o paciente não parecia ser ninguém importante. Comprido de braços e pernas, o rosto comprido, sobrancelhas grossas e olhos fundos, melancólicos, que o faziam parecer pensativo. Mas estava começando a parecer apenas burro. A cada seringa de morfina ele subia nas nuvens e discursava durante cerca de meia hora. Aparentemente, uma vez, ele teria comido os testículos de um homem.

"O Juarez comeu um, eu comi o outro. Nenhum de nós vomitou. Porque quando eu estou com ódio de alguém, o meu ódio só passa quando eu faço uma coisa horrível para aliviar."

Sentado no sofá com o roupão de banho azul-claro de Mary, a perna ferida sobre a otomana. Parecia um cadáver inchado. Ela sabia que doía.

"Estou me coçando inteiro. Preciso mijar. Não mijo há dois dias."

"Querido, você está sob efeito da morfina. Não vai conseguir mijar até passar."

"Eu conheço aquele bosta", ele disse.

"Você está dizendo que o Juarez é um bosta?"

"Não o Juarez. O Jimmy Luntz."

Ela lhe trouxe o papagaio.

Ele lhe mostrou o dedo médio. "Tire esse penico da minha frente."

"Tente um pouco."

"Mijar não é assim, a hora que quer."

"Ha, ha."

"Gostei da sua risada."

"Querido, foi uma risada de mentira."

O paciente estava ridículo naquele roupão, segurando o documento na mão e apontando para a vasilha de metal, olhando contente para ela, dopado, inexpressivo. "Mary. Não é?"

"Isso."

"Você é o que eu chamaria de uma loira corpulenta. Você tem o quê, uns quarenta?"

"Quarenta e quatro. Trinta e oito só no busto."

"Quarenta e quatro anos de idade? Está bom. Eu gostava mais das novinhas, mas depois que a minha sobrinha começou a ter seios, mudei de opinião. Agora todas as meninas têm a cara da minha sobrinha."

Mary jogou a ampola vazia embaixo da pia. "Aproveite bem, garotão. Foi a última seringa. Depois dessa é só oxicodona e amoxicilina."

"Estou tentando endireitá-la. Ela foi presa roubando uma loja."

"Quem?"

"Minha sobrinha. Você não está prestando atenção?"

"Claro que estou. E anotando tudo."

"Estou tentando mostrar algumas coisas para ela, prepará-la para o futuro. Ela diz que não tem futuro."

"Mije, ou tire o pinto logo."

"O pai dela acabou de morrer. Meu irmão caçula. Aos trinta e sete. De reação alérgica."

"Alergia a quê?"

"E eu sei lá que porra de alergia ele tinha."

"É melhor você saber. Se for genético..."

"Ele e eu éramos os últimos homens da família. Agora sou só eu. Se eu bato as botas, o sobrenome acaba."

"Qual é o seu sobrenome?"

"Pode me chamar de Ernest."

"E de Ernie?"

"O que você acha?"

"O.k. Ernest."

"É. O.k. Que tal um final feliz?"

"Só de não ter morrido depois de ter levado um tiro você já devia se dar por feliz."

"Você sabe o que eu queria? Como as massagistas? Uma chupeta. Isso que é final feliz."

"Feliz pra você. Pra mim é uma boca cheia de porra."

"Quanto o Juarez vai pagar por toda essa assistência médica?"

"O bastante para eu comprar quatro acres em Montana."

"Eu ponho mais cinco em cima disso."

"Cinco o quê?"

"Cinco mil."

"Por um boquete?"

"Por nada. Por ter me salvado. Como um obrigado."
"De nada. Agora feche esse roupão bonito."

Juarez ligou. Gambol não conseguia falar coisa com coisa. Juarez disse, ou Gambol, "Luntz do caralho". Um deles disse Luntz do caralho.

"Gambol? Você está aí?"
"Estou."
"Então fale comigo. Não fique só respirando aí. Ele tem ligado de vez em quando."
"Quem?"
"O Luntz, caralho. Esse babaca me dá úlcera. Ele não está se comportando, e suspeito que não esteja pensando direito. Eu tenho ódio dele."
"Luntz do caralho."
"É constrangedor odiar o inimigo. É melhor ser frio. Você se mexe melhor. É mais preciso — e você sabe o que eles respeitam? A precisão. Gambol. Gambol."
"Sim."
"Você está falando de um celular? Qual é o número dela?"
"Não."
"É ou não um celular?"
"Eu disse não."
"Porra de celular, não dá para confiar."
"Eu gosto dela."
"Senhor Gambol... Meu Deus."
"Pago mais cinco mil. Do meu."
"Perfeitamente. Você manda."
"Ela manda."
"Claro. Você está muito dopado?"
"Quem?"

"Ótimo. Mas não demais. Passe para a Mary. Ela está aí?"

"Ela sempre está." Gambol pôs o telefone na cara dela e fechou os olhos.

Luntz gostava mesmo de programas com nudez, mas hoje ele não estava escolhendo. Deixou Anita dominar o controle e sentou-se na única cadeira, com as pernas esticadas e os tornozelos cruzados, olhando para as suas meias marrons e batendo a cinza numa xícara de café. Ela estava na cama, encostada à parede com seu tailleur risca de giz. Sem parar em nenhum canal.

Desligaram por volta das dez. Ela foi para a cama só de sutiã e calcinha. Deitaram-se lado a lado, Luntz com seu calção e camiseta. Apoiou o queixo no braço estendido e puxou conversa. Ela disse que estava toda suada e pediu para ele se afastar. Ele tentou tocar seu ombro com o dedo. A mão tremeu. Ela se virou para a parede, e depois pediu para ficar com a outra metade da cama. Ele se levantou, achou uma janela que não estava emperrada e abriu um palmo. Anita ligou de novo a televisão.

Ele vestiu a calça, calçou os sapatos e desceu pela escada.

O café estava fechado, mas havia luz em algum lugar lá dentro. Ele bateu na porta. Virou-se e olhou para a estrada. Nenhum carro.

Sally abriu a porta. "Jimmy Luntz, por tudo o que é mais sagrado."

Luntz disse: "Deus. Que céu estrelado vocês têm aqui".

"Por favor, não me chame de Deus. Sou um pecador como você."

"Cadê o Capra?"

"Lá dentro. Viciado nesses gibis velhos do Silver Streak. Eu não vou entrar lá. Tem cheiro de meia." Luntz aproximou o pulso do rosto. "Ainda são onze."

"Você quer pôr umas cadeiras lá atrás? Que tal? Pegar uns cobertores e ficar ouvindo o rio e vendo as estrelas?"

"Como assim?"

"Exato. Exatamente, cara."

"Quero comprar bebida."

De volta ao quarto, ele ficou só de cueca enquanto ela servia uma dose grande, pouca Sprite, e tomava metade de uma vez só, sem respirar.

"Você bebe mesmo como uma índia."

"Se não fosse isso, não tinha tirado a minha roupa tão fácil ontem à noite, então não reclame." Ela se deitou, levantando o copo como uma tocha para não derramar, enfiou dois dedos no elástico da calcinha e desceu até a coxa, passando dois dedos sobre o púbis, para a frente e para trás, e ficou olhando bem para ele, até ele ser forçado a pigarrear e engolir. O gelo picado chacoalhava no copo enquanto ela terminava sua Popov com Sprite e colocava o copo de lado.

A televisão emitia um rugido discreto e constante. No programa, um homem se amarrava ao lado de um trem em velocidade. Luntz deixou passando só para poder vê-la com a luz da tela. Durante todo o tempo em que fizeram amor, Anita ficou quieta, mas olhando bem para ele. Quando gozou, ela disse: "Não. Não. Não".

Na manhã seguinte Anita parecia devagar, sentada nua na beira da cama, olhando suas roupas todas jogadas no chão. Ele saiu do chuveiro e a viu daquele jeito. Ela nem olhou para ele. Ele sentou ao seu lado na cama, enxugou o cabelo e laçou-a pelos ombros com a toalha, uma ponta em cada mão, ela não pareceu se importar.

Ele analisou o momento, sentiu as condições atmosféricas

e soltou-a. "O que tem na televisão?", disse ele. "Eu só vejo televisão de tarde."

"Não. Sério?"

"Eu acordo tarde, fico na cama e espero escurecer."

"Uma pessoa noturna."

"Isso mesmo. Combina melhor comigo."

"Não do tipo ligado em natureza."

"Minha ideia de turismo saudável é mudar para mentolado e pegar uma cor", ele disse. "Não gosto de flexão, puxar ferro, excétera. Quer dizer, etcétera." Já fora corrigido por isso várias vezes, mas sempre esquecia.

"Você é bem bonito", ela disse, "mas tem um corpinho de veado."

"Você não sabia?"

"O quê?"

"Que é etcétera, não excétera."

"Claro, cara, eu sabia. Só não quis deixar você envergonhado", disse ela, e foi ao banheiro.

Quando voltou, ele disse: "Eu fiquei vendo você tomar banho e quase achei que ia começar a chorar".

"Oh", ela disse.

"Vem aqui." Ela sentou-se ao lado dele, ambos nus, e ele a beijou, e a temperatura melhorou. "Eu queria experimentar sóbrio."

"Dá para esperar até depois do café da manhã, quando eu não estiver mais de ressaca?"

"Claro. Vamos descer. O que vamos pedir?"

"Cerveja."

"Tudo bem. Dia e noite, o Sally dá um jeito."

"Ele dorme com o outro cara no trailer? Como chama mesmo o outro cara?"

"Capra."

"Onde eles dormem? Lá embaixo ou no trailer?"

"Quem? O Sally e o Capra? Eles não dormem juntos."

"O Sally me disse que eles vão morar juntos."

"Uau. É mesmo?"

"A história foi essa."

"Se é amor, é amor", ele disse. "Eu tinha uma mulher com quem morava junto de vez em quando — meu Deus. Seis anos. E nunca foi amor. Se não é amor, não é amor."

"Vou dizer o que é amor: Jimmy Luntz ama falar o óbvio."

"Não estrague minha filosofia."

"Só estou de ressaca. E estou apavorada."

"Por quê?"

"São tantos motivos. Escolha um."

"Não. Escolha você."

"Ontem, hoje e amanhã. Mais uma coisa e... que inferno, dá vontade de cuspir."

"Como assim? Não tem mais coisa nenhuma."

"Está vendo? O menino ama falar o óbvio."

Quando fizeram amor mais tarde, ele sentiu um gostinho de cerveja no hálito dela, mas ela estava sóbria. Deitaram-se depois, e ela descansou a perna em cima da dele. Assistiram a um programa sobre os milagres da ciência forense na televisão, e Anita disse que era tudo mentira. "Seis mil assassinatos por ano ficam sem solução neste país."

"Esperemos que sim", disse ele, e desligou.

"Que foi agora?"

"Vamos fazer o que eu sempre quis fazer."

"Que é?"

"O dobro ou nada, querida."

"Você quer me experimentar em outra posição?" Do jeito que ela disse isso, a garganta dele apertou e ele não conseguiu nem responder.

Ela pediu que ele se ajoelhasse na cama — enquanto ela

ficava na beirada com os pés no chão e as pernas abertas — e entrasse nela daquele jeito.

Não deu certo. Anita disse: "Você é muito...".

"Eu não tenho dois metros de altura. Não vai dar."

Mas ela gostou muito da posição de sempre e o chamou de paizinho e gritou não, não, não, quando gozou. Ele se deitou ao lado dela e secou o suor entre seus seios com a ponta do lençol. Então, para não ter de fazer perguntas, ele se sentou, pôs os pés no chão e acendeu um cigarro. Mas ela tocou suas costas com os dedos, e a pergunta se fez sozinha: "Por que você está comigo?".

"Eu gosto de homens maus que odeiam a si mesmos. Eu queria que todo mundo odiasse a si mesmo."

"Você é má, Anita?"

"Sou."

"Você se odeia?"

"Não o bastante."


Luntz estava contando os dias. Hoje era terça.

Ele desceu por volta das três da tarde e depois subiu as escadas com hambúrgueres, batatas fritas, refrigerantes e vodca. Ela fez amor como uma freira bêbada, ele gostou daquilo, mas a conversa depois não foi nem um pouco amena ou relaxada. "O que você quer mesmo", ele disse, "é se vingar."

"É. Eu tenho fantasiado mesmo uma vingança. Quer ouvir que loucura?"

"Não."

"O dinheiro está com o juiz. Ou pelo menos metade."

"E o Hank?"

"Eu cuido do Hank."

Luntz disse: "Não se escondem dois milhões numa caixa

de sapato. Eles devem ter depositado numa conta num paraíso fiscal".

"O juiz é um velho doente. Com duas armas na cara, ele aparece com o dinheiro rapidinho. Vamos obrigá-lo a fazer uma transferência."

"Deve ter uns onze crimes só nessa descrição."

"Crimes que não serão denunciados. Não se pode roubar dinheiro roubado. Se uma árvore cai numa floresta e ninguém ouve, será que ela faz barulho ao cair? Porra, não!"

Luntz disse: "A especialista em tiro aqui é você. A minha vida inteira só atirei uma única bala".

Anita disse: "Sou capaz de passar um dia inteiro acertando em garrafas na cerca. Mas não fui eu quem atirou num cara".

A loira sentou-se na otomana, ajudando-o a exercitar a perna.

"Como você se chama mesmo?"

"Mary."

"Falta muito desta merda ainda?"

"A hora que eu disser chega. Senão você perde massa muscular, e vai ficar meses mancando por aí."

"Está ótimo. Quero dizer, os pontos e tudo o mais, muito profissional. Você esteve na guerra?"

"Num barco-hospital no Panamá, durante aquele troço e num hospital do Exército em Frankfurt na primeira do Golfo. E servi seis meses no Iraque em 2003."

"Sério? Onde você conseguiu todo o equipamento?"

"Roubei. Às vezes faço uns bicos, em clínicas diferentes. E no hospital."

"Você vende depois na sua garagem?"

"Não. É só porque eu gosto de roubar coisas."

Ela o ajudou a se deitar de bruços no sofá e começou a esfregar álcool entre as omoplatas dele. Ele disse: "Neném, não pare nunca mais".

"É o que todos dizem."

"Sinto muito se estraguei o seu carro."

"Que nada, cara, eu sei que buraco de doze sangra mesmo. E forrei tudo atrás, o banco e o piso, com plástico, aprontei tudo antes para você."

Enquanto ele falava, deitado, nas mãos tão agradáveis dela, sentia o queixo levantar e descer a cabeça. "Toda essa história foi uma grande merda, não é? Um sujeito com um buraco na perna surge do nada e se instala na sua casa."

"Eu não ligo. Tem muita realidade nisso. Como na guerra."

"E como o nosso menino convenceu você a trabalhar para ele?"

"Ele me manda dinheiro todo mês."

"Por quê?"

"Porque o meu advogado decidiu assim."

"Você foi casada com o Juarez?"

"Já sei o que você deve estar pensando — eu virei uma gorda de meia-idade e ele me largou. Mas não, ele me largou muito antes disso. Aí eu entrei no Exército."

Ela o ajudou a se virar e deitar de costas, e passou para os ombros e o peito.

"Você é loira mesmo?"

"Não é da sua conta", disse ela, "mas sim, sou, claro."

"Como você foi se misturar com um mexicano?"

"Ei, mexicano também é gente."

"Curiosidade minha. Espere", disse ele quando ela passou para as pernas, "você pulou o mais importante."

"Você conhece bem o Juarez?"

"Eu o conheci lá atrás."

"Não tanto quanto eu", disse ela. "Você já se perguntou por

que o Juarez não tem amigos mexicanos? Por que não tem uma gangue totalmente chicana de bandanas e tatuagens e tal? Quer dizer, cadê os chapas mexicanos dele? É porque ele não é mexicano. Ele é da Jordânia. E metade grego, eu acho."

"Você está dizendo que o Juarez é árabe?"

"Isso, árabe. O nome dele é Mohammed Kwa-alguma coisa."

"Ele é uma porra de um muçulmano?"

"Como? Não sei." Ela colocou delicadamente a mão na virilha dele.

Gambol empurrou as mãos dela, agarrou o encosto do sofá e se ergueu até ficar sentado. "Eu podia ter telefonado para mil sujeitos para me tirar daquele buraco. E nenhum deles teria feito o que ele fez. Só o Juarez mesmo."

Ela tentou fechar o roupão para ele, desistiu, foi para a ponta do sofá, de olhos arregalados. "Desculpe."

"O Juarez não é uma porra de um muçulmano."

"Eu não disse que ele era. Desculpe."

"Vem cá. Vou gozar na sua cara."

"Deite-se aí e mantenha essa perna levantada." Ela se levantou e mostrou-lhe o dedo médio. "Você ainda não está bom para treinar pontaria."

Era de manhã e, segundo Jimmy, quarta-feira.

Com o batom numa mão e a garrafa na outra, deu dois goles na Popov, que desceu feito leite de mãe. Jimmy arrancou-a de sua mão e fechou a tampa dizendo: "Não se pode entrar bêbado no tribunal".

Ela inclinou-se para o espelho e caprichou nos lábios. Virou-se para ele. "Estou nervosa."

"Mulher bonita nunca fica nervosa." Apoiou a mão no ombro dela. "Cruze os dedos e fique calma. E fale devagar."

"Eu já vi como é."

Ele desceu junto com ela.

Pouco antes de entrar no carro, tirou a carteira e deu a ela cinco notas de cem.

"Ei. Não."

"Tome. Agora você está comigo."

Quando ela entrou no Cadillac, ele disse: "Lembre-se", e cruzou os dedos. "E não fale depressa demais."

Ele bateu a porta e ela deu a partida. Ela pisou duas vezes. Ele bateu com o dedo no vidro, e ela abaixou tudo.

Ele pôs os braços na janela, inclinou-se para ela e disse: "Vamos conseguir".

"Pra valer?"

"É."

"Só diga isso se for mesmo pra valer."

"Praticamente já passei pelo pior, quer dizer, já atirei num capanga da polícia do crime. Deixei bem claro o que penso dessa merda toda." Os olhos dele estavam arregalados e o rosto tenso de medo.

Mary voltou do mercado e deixou duas sacolas brancas de plástico com as compras na bancada da cozinha. A segunda coisa que fez foi acender um cigarro. Hoje ela estava de saia.

Gambol segurava os classificados e mostrava para ela. "Ligue para esse cara aqui."

"Quem?"

"Da arma. Ele está vendendo com a munição também, mas não compre. Tem loja de armas na cidade?"

"Como é que eu vou saber?"

"Procure na lista uma loja de armas. Compre um pouco de MagSafe para Magnum 357. Vêm em caixas de seis. Compre dez caixas. Quer que eu anote pra você?"

"Não force a sua cabeça." Ela abriu uma gaveta na cozinha e achou papel e caneta. Sentou-se à mesa do café, deixou o cigarro no cinzeiro e cruzou as pernas feito uma secretária. Ela tinha belas pernas. "Repita."

"MagSafe. Magnum 357. Dez caixas. Uma caixa de cinquenta comuns também, da mais barata, não importa. E me compre roupas, três de cada. Camisas grandes, camisetas grandes. Calções também grandes. E calças, cintura quarenta e dois e pernas trinta e seis. Eu pago depois. E sapatos, tênis de corrida. Quarenta e três."

"Você não será mais a mesma coisa sem o seu lindo roupão."

Ele olhava para as pernas dela.

"Ernest. O que você está olhando?"

"Deixe-me perguntar uma coisa. Como você via isso: lutar contra os árabes tendo sido casada com uma porra de um árabe? Sabendo que um deles comia você?"

"Ei, árabes também são gente."

Gambol apertou com o polegar a bituca em brasa no cinzeiro e apagou-a. "E compre um roupão novo para você. Um curtinho."


Gambol examinou a arma. Parecia boa. Se quisesse ter certeza, podia levar para alguns quilômetros dali em qualquer direção e encontrar um lugar onde ninguém se incomodava de ouvir tiros.

Mary ficou parada na frente de Gambol até ele perceber. "Você estava pensando num roupão assim?" Ela mostrou a seda e ergueu um centímetro a barra.

Gambol disse: "Ai, Jesus".

"Você acha que o Juarez ficaria bem num roupão curtinho?"

Ele quis dizer que de jeito nenhum, mas ela levantou mais

um pouco a roupa e coçou de leve com a unha o alto da coxa, e quando ele abriu a boca não saiu nada.

Ela sentou-se na beira da otomana e abriu o cinto do roupão de Gambol, e ele disse: "Já falei. Nada de papagaio".

"Não é isso que eu vou fazer", ela disse, ajoelhando-se na frente dele.

Ele olhava para ela. Ela estava gostando do que fazia, dava para ver. E ele sentia cheiro de café da manhã sendo preparado.

Ela fez uma pausa, ergueu o rosto para encará-lo. "Não foi o Juarez que tirou você do buraco. Fui eu."

Ela se abaixou diante dele.

Luntz abriu o zíper da sacola de lona. Deixou a arma na cama.

Capra não a tocou. "Escopeta é ilegal na Califórnia."

"Fumar é ilegal. Tudo é."

Capra alisou com um dedo a escopeta. "Onde você arranjou?"

"Ganhei no pôquer."

"Você tem más intenções com ela?"

"Pensei em vender ou algo do gênero."

"Quanto você quer?"

"Não sei. Talvez eu fique com ela. Se eu soubesse atirar."

Capra segurou a arma. "Olhe o meu polegar. Está vendo esse botão?" Luntz observou Capra puxar para trás e para a frente várias vezes o ferrolho da culatra — klick-*ack*! klick-*ack*! klick-*ack*! — e oito cápsulas vermelhas pularam uma por uma no colchão. "Bem, pra começar, não ande por aí com ela carregada. A polícia não gosta desta merda. Seja como for", e puxou novamente o ferrolho da culatra, klick-*ack*!, "só precisa fazer isso, bem aqui. Ouviu um barulho estranho lá embaixo, é só" — klick-*ack*! —, "e para um bandido é o som mais feio do mundo."

"Como faz pra recarregar?"

"Aqui embaixo. Se quiser descarregar, aperte o botão que eu mostrei e faça como eu fiz. E isso é para sua segurança. Vermelho quer dizer que não está travado. Aperte aqui, e o gatilho não vai."

Luntz pegou de volta a arma, enfiou de novo os cartuchos um por um e verificou que estava travada. "Acho que vou precisar me mexer."

"É óbvio."

"E aceitaria ajuda."

"Jimmy, eu não sou assim. Se fosse, a minha ex-mulher estaria morta."

Luntz recolocou a arma na sacola, fechou o zíper e empurrou-a com o braço inteiro debaixo da cama.

"Primeiro descarregue", disse Capra. "Você não vai descarregar?"

"Não", disse Luntz.

"Não deixe o Sol descobrir essa arma. Ele fica nervoso."

"Você sempre chamou o Sally de Sally como todo mundo."

"As coisas mudam."

"Se é amor, é amor."

"Só estou dizendo que as coisas mudam, cara."

"Como se eu não soubesse."

Capra pôs a mão na maçaneta, mas continuou parado. "Jimmy."

"Eu."

"Você ficou mais calmo. Gostei."


Juarez ligou. Disse a Gambol: "Aconteceu uma coisa muito engraçada".

"Não estou com cabeça para piadas."

"Mas isso foi muito engraçado. Mas não nesse tipo de telefone. É uma coisa engraçada de fixo pra fixo. Daqui a dez minutos, você me liga."

"Estou sem calça ainda."

"O quê?"

"Não vou ficar me repetindo."

"O que você está vestindo, querida?"

"Vá se foder. Preciso de duas horas. Uma hora só para vestir a calça. Deixe para as quatro da tarde."

"Quatro em ponto. Esteja de calça. E se prepare para rir até a calça cair."

Parecia um árabe falando.

Ela não sabia se tinha falado depressa ou devagar. Esqueceu de cruzar os dedos. Não olhou nem uma vez para Hank, nem uma única vez, disso ela tinha certeza. Isso era o mais importante.

Depois, do lado de fora do tribunal, Hank devolveu sua chave da casa. Simplesmente veio andando e lhe deu como uma flor. "Babylove. Venha comigo. Ficaram algumas coisas suas."

"Algumas? A minha vida inteira está naquela casa."

"Não precisamos perder o contato."

"O caralho que não precisamos. Sexta passada no Packard Room você não me ofereceu nada além de frango cajun."

"Sexta passada o último prego ainda não estava batido."

"Do meu caixão?"

"Péssima imagem."

Ele usava um terno grafite de alfaiate. A camisa parecia ser creme.

"Quanto você pagou por aquela gravata?"

"Dinheiro não é o problema. Não mais, Babylove."

"Você está usando alguma técnica agora comigo? Você me chama de Babylove xis vezes e puf!: deixa de ser um merda?"

"Eu *sou* um merda." Enfiou as mãos nos bolsos e sorriu. Ele nem era tão bonito. Só tinha esse jeito de ser que dava a entender que era o dono da festa, e sorte da humanidade que eram seus convidados.

"Você nunca me deixou participar. Afanou dois milhões e trezentos e nunca tocou no assunto. E depois pôs a culpa em mim."

Ele disse: "Alguém tem que fazer o papel do bandido".

"Será que não é o próprio bandido fazendo o papel do bandido?"

"Numa situação dessas, a honra cabe ao mais bonito. Você é a mais bonita."

"Que honra."

"A que será menos punida. Não sou tão bonito quanto você. Sei que fui frio, que sou horroroso e cruel, mas levante a cabeça e dê uma olhada no cenário. Parece a prisão? Acabou, e nós dois estamos aqui do lado de fora."

"Enquanto isso eu vou pagando oitocentos por mês, desempregada."

"Babylove. Acorde. Já passou."

"Oitocentos por mês *pelo resto da vida*. Como assim, passou?"

"Você vai ficar por aqui?"

"O que é que você acha?"

"Eu também não vou ficar. Por que nós dois não ficamos juntos?"

"Eu pareço estar tão desesperada assim? Só preciso de meio tanque de gasolina pra voltar para o meu homem. Que aliás é mais homem que você."

"Não me mate. Você não sabe que falando assim você me mata? O desesperado aqui sou eu."

"Você só mente, mente, mente."

"O que você quer? É só me dizer."
"Quero ver você se humilhar."
"Eu estou me humilhando agora. Que tal?"
"Adoro. Aquela gravata deve ter custado uns duzentos dólares."
"Tem mais de onde veio isso. Por que não dividimos a riqueza?"
Ela se virou e foi embora. Nem olhou para trás.

Depois ela dirigiu até a casa. Ele provavelmente não estava. Não tinha por que estar em casa às duas da tarde. Mas o Lexus cinza estava na entrada. O Lexus ali não queria dizer que ele estivesse em casa. Podia ter saído com outro carro. Ele tinha condições para isso. Podia ter oito carros agora. Podia fazer um desfile de carros novos recém-comprados pela avenida principal. O chaveiro balançava na mão trêmula dela. Enfiou a chave na fechadura. Abriu a porta. Ele estava em casa. "Babylove", ele disse. "Estou preparando uma bebida para você."
Sete minutos depois ele caiu no chão ao lado da cama. Ela disse: "Eu gosto de ver você de joelhos, paizinho".
Ela viu lágrimas nos olhos dele.
Ela também estava chorando. "Agora implore."

Ernest Gambol chegou no meio do trânsito e atravessou a rua sem olhar para os lados, batendo a bengala de alumínio com força a cada passo. A dor estava boa. Diferente de antes.
Entrou no estacionamento do Circle K. Quando passava atrás do caminhão dos pães Wonder Bread que manobrava, a luz de freio se acendeu. Ele estilhaçou a lanterna com a bengala. Foi até um telefone, onde descansou o peso sobre as duas pernas

e deixou passar quatro minutos. Digitou o número do telefone do O'Doul's.

Juarez atendeu. "Alhambra falando."
"Sou eu."
"Está pronto para rir?"
"Estou."
"Vestiu a calça?"
"Jesus."
"Está pronto mesmo?"
"Eu já disse que sim."
"Lembra do Sally Fuck?"

# PARTE TRÊS

Mary serviu mais bourbon com gelo e perguntou a Gambol: "Quer uma bebida?". Ele já tinha mandado ela calar a boca duas vezes, mas ela não conseguia evitar.

Gambol, sentado de cueca no sofá e usando o roupão azul de náilon de Mary, não dizia nada. Olhava para a ferida em sua perna direita estendida sobre a otomana. Suas sobrancelhas pareciam ainda mais grossas que de costume. Mantinha os lábios bem apertados. Não parecia possível, mas talvez ele estivesse mesmo pensando.

Mary levou sua bebida para a mesa de café e sentou-se ao lado dele no sofá. Assistiram juntos aos minutos finais de *Law & Order*. Só aquela conversa carregada de policiais e meliantes, e o som do gelo no copo quando ela dava um gole.

Quando o programa terminou, Gambol olhou para o relógio de pulso.

Mary ajoelhou-se no chão ao lado da otomana e afastou a barra do roupão, examinando a ferida. Ele não saberia apreciar o trabalho. Em se tratando de suturas, ela era melhor do que a maioria dos médicos que tinha ajudado. "Está cicatrizando rápido, mas vou deixar esses pontos um pouco mais. Sete dias é o mínimo para uma ferida na extremidade proximal inferior. Dez dias seria o ideal."

Ele colocou a mão delicadamente na cabeça dela. Ela deitou a bochecha na coxa dele e ficou olhando a virilha. "Eu já falei que tenho uma perna boa ainda? Vá na melhor de três." Ela pegou o controle e desligou a televisão, e ele relaxou no sofá quando ela se ajoelhou entre as pernas afastadas dele, descendo e subindo a cabeça.

Em segundos, sentou-se novamente ao lado dele, limpando os lábios com o polegar, e disse: "Por que você ficou tão excitado?".

Gambol olhava fixo para a frente, acariciando o cabelo dela.

Ela trouxe a bengala de alumínio. "Vejamos como está a perna ruim."

Ele pegou a bengala pelo castão, com as duas mãos, endireitou-se e soltou a bengala no tapete. A passos desequilibrados e decididos, chegou até o quarto e acendeu a luz. Mary se levantou para ajudá-lo, mas ele fechou a porta.

Quando voltou a abrir minutos depois, Mary ainda estava parada ao lado da televisão, e Gambol estava pronto para sair, só que descalço. Um par de meias pretas ressaltava no bolso da camisa.

Ele foi ao banheiro e ela ouviu-o mijar demoradamente, escutou a descarga e o abrir e fechar da torneira. Ouviu-o mexer no armário de remédios, e foi ver — ele estava pegando todos os band-aids e enchendo os bolsos com eles.

Saiu do caminho e ficou vendo Gambol se comportar como um perneta num jogo de caça ao tesouro, mancando e pegando itens aleatórios. Dois metros de papel higiênico — amassados feito uma bola em sua mão enorme, enquanto se arrastava até a cozinha —, a chave do carro dela que estava no gancho de ímã da geladeira, um pincel mágico de uma gaveta da cozinha, e, da gaveta ao lado da pia, a 357 dele, o coldre e uma caixa de munição. Segurando o pincel mágico entre os dentes como um cigarro, ele começou a carregar a arma.

Mary disse: "Ernest, você vai a algum lugar? Nós vamos sair?".

Ele pegou duas caixas de balas na gaveta, pôs uma em cada bolso da frente da calça e fechou a gaveta. Prendeu o coldre no cinto e guardou a arma, depois protegeu o cão com a fivela de velcro.

Mary falou: "Eu preciso me trocar?".

Ele voltou para o sofá. Ela pegou a bengala, ele segurou-a, sentou-se com bastante cuidado e pousou a perna ferida na otomana, dando-lhe suas meias.

Enquanto o ajudava com as meias, ela disse: "Deixe-me ver você mexer o outro pé. Levante e abaixe a perna. Não a perna toda — dobre o joelho. Quero ver o joelho funcionando. Agora levante a perna e mexa só o pé. Só isso? Você está louco se acha que vai dirigir. Você não aguenta vinte minutos pisando nos pedais".

Enquanto isso ele estava rabiscando os tênis com o pincel mágico, pintando de preto os refletores do calcanhar e dos dedos.

"Olhe para mim", disse ela. "Eu estou aqui. Peça para mim. Eu sei lidar com as coisas nesse grau de realidade. Eu gosto."

Ele pôs os pés no chão e começou a calçar os tênis. O direito obviamente doeu.

"Ernest, deixe-me ajudá-lo com isso." Mas ele pôs a mão aberta na cabeça dela, e ela sentiu seus dedos apertando-lhe as têmporas com força. Ela disse "Tudo bem, desculpe", e ele a soltou.

Ele forçou o pé no tênis. Com um grunhido meio latido, curvou-se e apertou as presilhas de velcro.

Foi de novo ao quarto, dessa vez com o auxílio da bengala, e voltou usando uma malha dela, cinza e larga, que Mary tricotara para si mesma. Levantou a barra da blusa e disfarçou um pouco o coldre. Então procurou no bolso, tirou uma lanterna do tamanho de um dedo e acendeu-a nos olhos dela.

Ela piscou diante da luz fraca e disse: "É, funciona".

Ele foi até a porta da cozinha — a porta da despensa e da garagem — e ela disse: "O controle da garagem está no quebra-sol".

Ele fechou a porta da cozinha. Ela ouviu a porta do carro bater, prestou atenção e ouviu a porta abrir de novo e fechar mais suavemente. Então mais uma vez ouviu, talvez, abrindo e fechando, dessa vez tão silenciosamente que ela não teve certeza.

O motor foi ligado, e ela ficou escutando o som da porta da garagem se abrindo e fechando, e então o ronco do motor foi ficando mais baixo, sumindo na vizinhança, até que ela não conseguiu mais ouvir nada. Acendeu um cigarro e ligou a televisão.

Nas silhuetas recortadas das copas à sua esquerda, um brilhozinho começou a segui-lo enquanto dirigia. Em três ou quatro minutos a lua tinha surgido. Uma lua crescente. Lua muçulmana. Que iluminava bem pouco.

Gambol observou a quilometragem. Menos de dez quilômetros pela estrada do rio Feather, ele conduziu o Lumina de Mary até um desvio à esquerda, olhou se vinha algum carro — nenhum — e parou. Apertou o botão da janela com o dedão e sentiu o cheiro penetrante de pinho quando o vidro desceu. Desligou o motor. Não ouvia nada além da brisa nas cercas vivas.

Para um carro médio, o Lumina tinha bastante espaço para as pernas. No entanto, sua perna direita começou a latejar, o incômodo pulsar de ondas quentes da virilha até o tornozelo. Para manter a lucidez, ele estava sem tomar nenhum analgésico desde o meio-dia.

Com alguma dificuldade, abaixou-se para tirar a arma de debaixo do banco, e abriu e girou e fechou novamente o tambor. Do bolso traseiro, tirou uma bola do papel higiênico de Mary e fez dois bolinhos, encharcou-os de saliva dentro da boca e enfiou um em cada ouvido. Aprumou a arma na janela aberta e disparou duas vezes, esperou, mandou mais três cartuchos de teste, esperou mais alguns segundos e atirou novamente.

Cutucou e tirou os bolinhos de cuspe das orelhas e jogou-os pela janela, deitou a arma no banco do passageiro e dirigiu mais cinco minutos até parar e guardar as cápsulas usadas e recarregar, dessa vez com as MagSafe. Desceu alguns centímetros do vidro, e com a luz do teto procurou o botão que a desligava. Abriu e fechou várias vezes a porta no escuro.

Em trinta e cinco minutos percorreu quase trinta e cinco quilômetros de estrada, e à sua esquerda, como ele esperava, estava o restaurante. Viu luzes acesas embaixo e uma caminhonete estacionada à esquerda da entrada, conforme o prometido.

Passou menos de um quilômetro do local, fez a volta e passou de novo em frente. Nesse lado do restaurante, o terreno ficava escuro e continuava assim até chegar ao rio.

Pouco depois desligou os faróis e fez a volta de novo. Uns cem metros antes de chegar, ele parou e abriu as quatro janelas. Só se ouvia o ruído constante do que para ele era o rio.

Lentamente foi parando naquela vicinal estreita, trazendo o carro até poder ver o restaurante e encostando até parar de vez, evitando brecar para não acender a luz de freio. Desligou o motor.

Na escuridão, dava para ter só uma impressão geral do lugar — íngreme, bastante arborizado dos dois lados, com um terreno aberto atrás, e o rio. A casa era tão antiga que parecia até ligeiramente fora de prumo.

Conferiu o relógio. Meia-noite e quinze. Era impossível prever quanto tempo aquilo levaria.

Pela forma da construção, evidentemente que o andar de cima era menor. Ele sabia que em algum lugar nos fundos do restaurante haveria uma escada que daria — para onde dava exatamente não lhe disseram. Não lhe disseram quantos degraus esperar pela frente. Disseram só que lá em cima era uma quitinete onde estaria Jimmy Luntz.

Tirou dos bolsos um punhado dos band-aids. Estendeu a perna direita no banco, reclinou-se contra a porta e grudou um por um, dez, nas pontas dos dedos.

Jimmy Luntz parou no alto da escada diante da porta escancarada, para terminar um cigarro sob a lua crescente, ouvindo o rumorejar do rio, não muito diferente do das estradas com que estava acostumado. A televisão, ligada na MTV, iluminava o quarto atrás dele e parecia que estava balançando todo o lugar para trás e para a frente.

Agora vinha do restaurante lá embaixo uma batida grave e incansável. Que música era? Ele não sabia. Um ritmo selvagem.

Luntz desceu a escada e deu a volta para entrar pela frente, encontrando a silhueta de Sally Fuck na porta, balançando feito uma vara, regendo a música com uma mão, segurando um copo grande na outra e cantando "Red, red wine" sem parar. Apontou para Luntz. "Vamos. Harmonia."

"Quero comprar cigarro, Sally."

"Quem é Sally? Não tem Sally nenhuma aqui."

"Sol. Sol. Vende cigarro, Sol?"

John Capra veio para fora e ficou ali coçando a barba e a barriga ao mesmo tempo e dizendo "Caralho".

"Cheiro de comida", Luntz disse.

"Ratobúrgueres."

Eles entraram, e Luntz e Sally ficaram no balcão. Todas as luzes estavam apagadas exceto a de cima da grelha e a luz da jukebox no outro canto. Luntz disse: "Eu não sabia que essa velha Wurlitzer funcionava".

"Às vezes ela dispara a tocar." Capra jogou duas salsichas na grelha ao lado de seis outras que já estavam fritando. "Você come três?"

"Só duas."

Sally sentou-se no banco ao lado de Luntz de costas para o balcão e com as pernas estendidas, e cantou uma música inteira dos Rolling Stones. A música acabou e a jukebox ficou em silêncio. Em cima do aparelho deixaram uma peça de motor enegrecida.

Sally serviu seu copo de água vazio até a boca de vinho tinto, de um galão verde de vidro, e disse: "Jimmy, Jimmy, Jimmy. Cadê a sua namorada?".

"No tribunal."

"Tribunal noturno?"

Luntz ficou calado.

"Ela parece que nasceu para dirigir aquele Cadillac. Anita, Anita. Tão bo-ni-ni-ta. Faz três dias que ela foi embora. Você ainda acha que ela vai voltar?"

"Eu tento não achar nada."

"E eu só acho que você perdeu um Cadillac, Jimmy."

Capra veio até o balcão, serviu uma cesta de batatas fritas ainda pingando óleo e falou: "Anita Desilvera é uma mulher linda".

Sally disse: "Por que você não vai lamber o cu dela, hein, sua puta?".

"Vocês ouviram um carro hoje?", Luntz disse.

Sally falou "Jimmy, Jimmy, Jimmy, ela não vai voltar" e pôs

uma batata frita na boca como se fosse um verme. "Um copo de vinho para o pica doce."

Luntz disse: "Tem *club soda*?".

Capra foi até a geladeira, trouxe-lhe uma lata e tirou a argola ao depositá-la sobre o balcão. "Você ainda tem o estômago bagunçado?"

"O mesmo."

"Um gole de vinho não vai machucar", disse Sally, erguendo o copo.

Luntz disse: "Não estou gostando do jeito que você está me olhando".

Sally retrucou: "É que a luz vem pelas suas costas, cara".

Capra bateu com os três pratos no balcão, *bang, bang, bang*, e falou: "Você bebeu demais".

Sally disse: "A noite está boa para ficar bêbado, meu melodioso engolidor de porra", e enfiou uma salsicha na boca dele.

Luntz perguntou: "O que tem para fazer de bom por aqui?".

"Quando eles chegam de Bolinas", disse Capra, "é mais movimentado."

"Quando eles chegam?"

"Eles começam a aparecer amanhã. Ficam seis pessoas, às vezes doze, morando aqui."

Sally disse: "Motoqueiros".

"Motoqueiro também é gente, Sol."

"Eles são iguais a todo mundo que mora aqui. Aqui", ele explicou para Jimmy, "é um grande parque para eles. Todos assinantes de *Dog and Woman*." Mais uma vez Sally olhou torto para Luntz. "Parece que você não tem mais muitos motivos para viver."

"Que porra é essa?"

"Sol, não enche o Jimmy." Capra parou de raspar a chapa, comeu três salsichas em noventa segundos e continuou raspando. "Você ainda toca sax?"

"O Jimmy adora sax."

Capra parou o que estava fazendo. Nem se virou. "Sally, cala essa boca."

"O meu nome é Solomon Fuchs, querido, e é Sol pra você."

"Dizem que eu pareço o Art Pepper", Luntz disse, "mas não toco bem como ele."

"*Como é?*"

"Ninguém toca como o Art."

"Eu não disse que tocava."

"Bem, eu tocava um pouco."

O interesse de Sally pareceu genuíno. "E o Art?"

"Na verdade, eu sempre me esqueço. O Art já morreu."

"O.k."

"Mas a música dele continua viva. Não ligo de parecer piegas. É uma pieguice verdadeira."

"Claro", disse Sally. "E quando foi a última vez que você se apresentou profissionalmente?"

"Eu? Não sei. Nem tenho sax. Está tudo penhorado."

"Quando foi a última vez?"

"Num show? Com cachê? Bem, a última de verdade... Pensando bem, o que é isso?", disse Luntz, "Jogadores Anônimos?"

Sally comeu metade da segunda salsicha, deixou o resto de lado e falou: "Agora, vamos, me dê dois motivos para você continuar vivo".

Capra disse: "Sol, pare com essa merda".

"Não seja um motoqueiro cabeludo de dedos gordurentos."

Capra inclinou-se sobre o balcão, agarrou o queixo de Sally, chegou perto de seu rosto e falou: "Pare de ficar irritando o Jimmy feito uma vadia".

Sol encarou Capra com uma espécie de ódio assustador. "Eu subo numa moto e só penso em fugir."

Capra afastou os dedos e soltou o queixo de Sally. "Ele está uma verdadeira vaca. Fez a cama e agora não gostou."

Sally falou: "Estamos todos na mesma cama".

"Só nós dois", disse Capra.

"Jimmy, Jimmy, Jimmy. Eu sei que você atirou no Gambol."

Capra pôs as mãos no balcão e olhou para baixo encarando os dois. Sally deu risada. Riso forçado.

Capra disse: "Meu Deus, Jimmy".

"Essa batata frita está boa", disse Luntz.

Capra recolheu os pratos e foi passar um pano no balcão. Pouco depois, falou: "Quando você surgiu do espaço sideral, eu logo imaginei, você sabe — dívida pesada".

"Eu tenho dívidas pesadas."

"Daí o Cadillac que emprestou para a namorada. E a arma. Jesus. Quer dizer que o Juarez está atrás de você."

"Eu só queria ver se conseguia."

"Você apagou o Gambol e roubou as coisas dele?"

"Ele está ótimo. Ouvi dizer que está se recuperando."

"Ele não morreu? Fodeu. É o Juarez *mais* o Gambol."

"Que arma é essa?", disse Sally.

"Cala essa porra dessa boca dois segundos, por favor, caralho", disse Capra, "só dois segundos, está bem? Tenho uma puta coisa importante pra falar." Luntz e Sally ficaram quietos, e ele continuou: "Preciso que amanhã você esteja fora daqui, Jimmy".

"Tchau, tchau, Jimmy."

"Isso que é aviso-prévio."

"É o que é e pronto."

"Dê-lhe mais um dia", disse Sally. "Deixe até domingo."

"Eu agradeceria", disse Luntz.

"Domingo ao meio-dia. Nem mais um minuto. É sério. Cara, você não tinha contado isso. Não sabia que a merda fedia tanto."

"Acho que somos todos fedorentos, não?"

"Seja o que for", disse Capra.

"Bem, a única coisa que eu sabia de você era 'rio Feather'. Só sabia que você estava escondido. Não sabia que você tinha entrado na do Sally."

Sally disse: "Você não sabe falar nada sem usar duplo sentido?".

"O.k., Sally", disse Luntz, "hora da verdade. Com quanto você ficou daquela vez lá? Você não era uma espécie de contador da sociedade ou coisa que o valha?"

"Eu era o homem de informação da Diretoria da Agricultura Cooperativa, e levei a mala de dinheiro para eles uma única vez. Da qual tirei instantânea e alucinada vantagem."

"Quanto tinha na mala?"

"Trezentos e oitenta e seis mil. Foi tudo ideia" — apontando Capra — "desse aí. E agora seremos felizes para sempre. Um bar de motoqueiros no Himalaia."

"Qualquer lugar pode ser bom", disse Capra. E disse a Luntz: "Domingo".

"Trezentos e oitenta e seis? Uau. Sobrou algum?"

"Montes", disse Sally. "Vou pedir o Jaguar para você."

"Meio-dia", Capra falou.

"Queria vodca pra viagem. E cigarro."

"Meio-dia, domingo." Capra desligou o exaustor em cima da grelha, passou pela geladeira e foi até a sala dos fundos, sem dizer mais nada, e Luntz ficou sozinho com Sally Fuck, que mexeu o vinho no copo com uma unha comprida e disse: "O Juarez encontra quem ele quiser. E depois o Gambol come os bagos".

"Cara", Luntz disse, "eu realmente não estou gostando dessa sua conversa."

"Bem, na autópsia, o cadáver do tal do Cal de Anaheim estava sem as bolas."

"Isso é lenda."

"Logo mais será a lenda de Jimmy Luntz." Sally já não estava mais bebendo nada. Só pegava e provava algumas gotas com a unha. "Era uma beleza de índia. Parece até uma música."

"Pega aqui, Sally. Quero um maço de Camel."

"Sinto muito. Estamos fechados." Mas Sally se levantou e foi atender o pedido.

"E uma garrafa de Popov."

"É isso aí. E se ela voltar? O que você vai fazer com isso?"

"Faço ela ficar bêbada."

Dentro do restaurante, a última luzinha se apagou. A lua já havia sumido bem alto no céu e não era mais visível para Gambol, que olhava do carro pelo para-brisa. Quase duas da manhã, quase catorze horas sem remédio. Quando a dor começou a lampejar no nevoeiro dos seus pensamentos, notou um detalhe que lhe passara despercebido.

Ele não tinha nenhuma ferramenta para usar na porta do restaurante. Não fazia ideia de como iria passar da porta.

Esvaziou o porta-luvas. Havia também um desses descansos para braço no meio do banco, e ele olhou dentro. Não viu nada que pudesse servir.

Guardou a arma no coldre, pegou a bengala e a chave, abriu a porta e ficou ali ao lado do carro, encostando a porta sem fechar totalmente, e deu a volta por trás do carro. O porta-malas abriu com um clique e um suspiro. Abriu só um palmo, e uma lâmpada se acendeu lá dentro. Ele se inclinou para espiar dentro — estepe, macaco e duas bocas de uma chave de roda de quatro bocas — e com a força de dois dedos fechou a porta. Uma chave para porca não servia. Precisava de uma alavanca.

Ao lado do carro sob aquele luar fraco, ele fechou os olhos e inspirou regularmente várias vezes, começando do diafragma, enchendo e esvaziando os pulmões.

Foi em direção ao restaurante.

No meio do caminho fez um pequeno desvio para verificar a caminhonete estacionada ao lado. A boleia estava descoberta, recém-varrida. Deu a volta na cabine até o lado do motorista e viu, no painel, simplesmente, uma chave de fenda de trinta centímetros. Apoiou a bengala na roda dianteira e protegeu com a mão em concha a visão da janela do motorista para iluminar dentro com sua lanterna. Era uma caminhonete Ford velha com uma novíssima trava de caveiras, com pontinhos de vidro vermelho nos olhos. As portas estavam destravadas.

Ele puxou a porta dois centímetros, mais dois — a luz do teto não estava funcionando, mas o revestimento estava estragado e a porta rangeu ao abrir. Ele parou para se endireitar e escutou. Só o rio. O restaurante estava no escuro. Sem mexer mais na posição da porta, ele estendeu a mão para pegar a ferramenta.

Com o presente enfiado no cinto, ele seguiu em frente até a entrada do restaurante, onde apoiou a bengala ao lado da porta, abriu o coldre e experimentou a maçaneta. Trancada.

Fez outra concha com a mão para proteger a luz de sua lanterna e percorreu com o pequeno facho a base da porta, em cima e dos lados. Vespas e moscas mortas caídas na soleira. As dobradiças ficavam para dentro, inacessíveis. A porta não estava trancada com a chave. Ele cutucou entre a fechadura e o batente até que a porta cedeu e a lingueta soltou-se da parede. Empurrando cuidadosamente com a palma da mão, ele abriu bem a porta. A dobradiça não fez barulho. Pegou a bengala, segurou-a com firmeza e deixou a chave de fenda na varanda.

Entrou no restaurante. O facho de luz da caneta revelou mesas e cadeiras, e ele caminhou entre elas, indo mais para a direita e para o fundo, onde devia ficar a escada. Ao chegar à janela da parede do fundo, desligou a caneta e já conseguia enxergar o bastante para continuar seguindo rente à parede, contornando uma jukebox arredondada com um velho virabrequim equilibrado em cima. No outro canto encontrou duas portas. Ligou a lanterna rapidamente — uma figura de barba na primeira e na outra uma de seios monstruosos.

Iluminou o bolor na base da parede, até onde o facho alcançava — nenhuma outra porta.

Indo para o balcão e a área da cozinha, ouviu uma voz vindo justamente de lá, abafada por uma parede, e outra voz, também abafada. Tirou a arma do coldre, deixou a bengala numa cadeira, e foi o mais depressa que conseguia em direção ao som. As luzes de trás do balcão foram acesas. Um homem de calça jeans estava parado a uns quinze metros dele com a mão direita imóvel sobre o interruptor. Gambol atirou duas vezes, e antes que pudesse disparar um terceiro tiro o homem caiu feito um saco atrás do balcão.

Gambol foi em frente e inclinou-se por sobre o balcão o máximo que pôde. O homem jazia imóvel no espaço estreito entre o balcão e o forno, sem camisa e descalço, de bruços. Gambol mirou, segurando a arma com as duas mãos, prestando atenção no corpo que ainda respirava, e no espaço entre uma expiração e uma inspiração, puxou o gatilho com cuidado. A cabeça se espatifou. Ele se virou.

Alguém estava gritando, mas ele não conseguia ouvir as palavras. Virou-se novamente com a arma e não viu ninguém, virou-se outra vez, achou a bengala e saiu andando porta afora, noite adentro.

Tinha cerca de trinta metros de espaço aberto para atravessar até o estacionamento e depois a mesma distância pelo acostamento até o carro, mas quando chegou ao acostamento já se escondeu entre as árvores. Na mão esquerda segurava a arma. Com a direita, o castão da bengala. Fazendo força com o braço direito e a perna direita, caminhou o mais rápido que conseguiu.

Passando pela caminhonete, os sons o seguiram, sua audição ainda atordoada pelos disparos. Passos, possivelmente, do outro lado do restaurante, e mais passos no cascalho, e depois um som seco, claro — klick-*ack*! —, que significava que ele não tinha sido rápido o bastante.

Luntz achou que era Anita que tinha voltado. Ouvira um estampido bem alto. Não devia ser o Cadillac. E depois outro — idêntico.

Um, é escapamento. Dois, é tiro.

Deitou-se no chão e pegou embaixo da cama a sacola de lona com a escopeta. Mais do que puxá-la para si, ele se viu rastejando em direção a ela debaixo da cama. Deitado de lado, agarrou a sacola contra o peito e, tateando por todo o comprimento, encontrou o zíper. Era a única coisa que ele podia fazer.

Outro tiro lá embaixo.

Aproximou o joelho do peito e, empurrando com um pé na parede, saiu com a sacola de debaixo da cama, mas seus ossos pareciam de borracha quando tentou pôr-se de pé. Levantou só até ficar de joelhos e quase não conseguiu pôr a sacola na cama. Forçou o zíper nos dois sentidos até conseguir abrir. De pé, num cômodo torto para o lado, segurando o cano e balançando a escopeta, estava ciente sobretudo da fraqueza inacreditável que sentia nas pernas bambas.

Abriu a porta e ficou do lado de fora no alto da escada, girando a escopeta até achar a empunhadura de pistola. Apertou a trava de segurança e armou — klick-*ack*! — , deu um passo e seus pés escorregaram, e ele viu, lá em cima, uma lua crescente e diversas estrelas num céu preto, ao cair de costas lá embaixo, sem mais nenhuma outra sensação física. Seus pés acharam um apoio, ele ficou de pé e cambaleou até a quina do restaurante, caindo várias vezes ora sobre um joelho, ora sobre o outro. Ao contornar o restaurante, puxou o gatilho. Ouvidos e mãos pareceram explodir com a força, mas ele segurou firme a arma, e armou novamente. Viu em quem estava atirando — alguém atrás da caminhonete no outro lado do restaurante.

Luntz perseguiu seu alvo até a beira da estrada. Agora o homem mancava em direção a um carro. Luntz apoiou a escopeta no ombro, apontou e atirou de novo — o braço dormiu e ele ficou surdo do lado direito. O homem pulou, virou-se e caiu, depois se ergueu numa mão e ficou de joelhos, os dois braços levantados. Luntz se virou e se jogou no chão, ouvindo os tiros, e seus sentidos pararam de funcionar. Quando a escuridão e o silêncio acabaram, ele estava do lado do morro, imóvel atrás do restaurante, ouvindo o rio, e agora com os sentidos aguçados, precisos. Ouviu bater a porta de um carro. Ouviu a partida do motor. Em seguida estava de novo na frente do restaurante, armando e puxando o gatilho até esvaziar a arma. Viu as luzes traseiras do carro sumindo na estrada em meio às árvores.

Ele tremia, todos os músculos agitados. Respirava forçando o ar para dentro e para fora de seus pulmões. Virou a arma assim, assado. Quando encostou no cano, alguém disse "Jesus Cristo!", e ele ficou pensando em quem estaria falando, depois disseram "Caralho!", e então Jimmy percebeu que era ele mesmo.

No restaurante atrás dele, as luzes se acenderam. Viu pequenos cilindros no cascalho a seus pés. Estava sem sapato. Só de meia. Até onde sabia, não tinha acertado em nada.

Ouviu uma sirene — cada vez mais perto, mais alta —, mas era um choro humano.

A porta do restaurante estava aberta. Ele entrou gritando "Ei, ei, ei...". Sem saber por quê.

Sally Fuck se levantou detrás do balcão, chorando como uma sirene e respingando sangue das mãos.

\* \* \*

Sally contornou o bar e sentou-se numa banqueta, segurando a cabeça com os dedos ensanguentados, seu corpo inteiro tremia.

Luntz falou: "Ele está morto?".

Sally ergueu os olhos. Parecia uma gárgula, doentia e iluminada. Deu uma risada, e depois soluçou tão fundo que saiu um cuspe de sua garganta.

Luntz disse: "E agora?".

Sem resposta.

"Sally — Sol. Sol. E agora, cara?"

"Não sei."

Luntz pôs a escopeta sobre o balcão e debruçou-se para ver John Capra. Sally havia tentado virá-lo, evidentemente, e espalhara o sangue de Capra num leque pelo chão. O rosto estava virado para o fogão. A parte de trás da cabeça havia sido arrancada e se chocara contra a porta do forno. Luntz procurou algum sinal de movimento. Como se, olhando fixamente, Capra fosse se mexer.

"Precisamos dar um jeito nisso", disse Sally.

"Tudo bem. Quer dizer, certo", disse Luntz. "Deus. Oh, cara." Um bocado de ideias martelava em sua cabeça, a maioria relacionada a Capra voltando à vida de repente.

Sally girou em sua banqueta e parou com os pés virados para ele. Foi direto para os fundos. "Precisamos de pá e picareta."

"Luvas", Luntz gritou logo atrás. "Você tem alguma luva?" Parou olhando para as próprias mãos. O polegar direito estava vermelho, roxo e inchado na articulação — luxado pelo rebote da escopeta, talvez quebrado. Conferiu se seus nervos sentiam alguma dor, nada. Precisava subir para buscar o sapato, mas não conseguia elaborar um plano e executá-lo.

* * *

Mary tinha deixado algumas janelas abertas e fumava sempre que sentia o impulso. Estava com o cinzeiro no colo e assistia a uma mulher desesperada que tentava vender uma joia de catorze quilates na televisão sem um roteiro para orientá-la. Quando deu uma da manhã, Mary já não ouvia nem um carro que passasse pela vizinhança.

Por volta das três, um carro passou. Ela desligou a tevê. A porta da garagem fez barulho. Ela escutou a porta abrir e fechar por dentro, depois o porta-malas. Jogou fora a bituca.

Gambol conseguiu chegar até a cozinha e deixou o revólver sobre a bancada, pegou uma garrafa de leite na geladeira e deu vários goles longos antes de fechar a porta.

Apoiando-se com dificuldade em sua bengala, a cada passo, ele veio e sentou-se no sofá ao lado dela, e ergueu com as duas mãos a perna ferida, descansando-a sobre a otomana. Antes de se recostar, fez uma pausa. "O que eu não entendi da história toda", disse ele, "é por quê, quando as Torres Gêmeas caíram, a gente não jogou logo uma bomba nuclear naqueles filhos da puta e não transformou logo aquele deserto muçulmano em pó de vidro?" Ele por fim se recostou e respirou fundo, soltando lentamente o ar.

"Oba", disse Mary, "ele fala."

"De que adianta ter mil bombas atômicas", disse ele, "se você não tem intenção de apertar o botão?"

Ela o ajudou a tirar a blusa pela cabeça, e depois a tirar os tênis, a calça e a cueca, só dizendo "Isso, deixe", "Levante um pouco" e "Como está isso aqui?". O cotovelo esquerdo da blusa estava rasgado e sujo, assim como a perna esquerda da calça, do quadril até embaixo. A ferida na perna direita parecia boa. Não arrancara os pontos.

Ele disse: "O espelho do seu carro quebrou".
"Soltou?"
"O espelho lateral. O vidro do espelho."
"Alguém atirou nele?"
"Vou saber essa porra?"
"Será que eu quero saber o que você andou fazendo?"
"É sempre um perigo."
"O.k."
Ela abriu uma caixa de algodão e limpou as leves escoriações no quadril e no cotovelo do lado esquerdo dele, esfregando álcool e desinfetando a área ao redor do ferimento de bala com curativo na perna direita, e terminou limpando a sujeira dos dedos dele.

"Cada um com seus problemas", disse ele. "Aí sim, não tem perigo."

"De certa forma você é um problema meu."

"Talvez de um outro jeito."

"Que jeito?"

"São vários jeitos. Você sabe."

Ela recolheu os algodões sujos nas mãos e levou-os para a pia da cozinha. "Você quer mais leite ou mais alguma coisa?"

"Claro, obrigado."

Ela jogou os algodões no saco reservado para lixo hospitalar e trouxe leite para ele num copo limpo. Ele tirou o copo das mãos dela, fechou os olhos e bebericou. "Olhe só", ela disse, "se você já pode correr e cair de cara no chão, talvez já esteja bom para dormirmos na mesma cama."

Ela o observou de perto, e quando as pálpebras dele se abriram ele a estava encarando. "Não sei se já estou pronto para... dane-se."

"Vamos pra cama", ela disse, "de repente eu ganho mais cinco mil."

"Você vai cobrar cinco mil por boquete?"

"Na verdade eu só queria dormir com você."

"Certo", disse ele, e as pálpebras se fecharam. "Porra, certo. Estou mesmo cansado."

Luntz não sabia por que era ele quem estava dirigindo a caminhonete. Sentado no banco do motorista, coberto do sangue de Capra e levando a escopeta no colo, ele dizia: "Uau. Uau. Uau". Sally estava no banco do passageiro de braços cruzados, inclinando-se para a frente e recostando-se outra vez, dizendo: "Caralho. Caralho. Caralho".

"Sally. Acho que deixei a porta aberta. Do restaurante. A porta da frente, cara."

"Foda-se a porta. Foda-se a porta. Foda-se a porta."

Sally não disse para onde ir, e Luntz não perguntou. Algum lugar que fosse mais alto, longe de qualquer lugar aonde já tivesse ido. Sally abriu sua janela. Ele a fechou de novo. Ele disse: "Onde liga o farol?".

"O que foi? Jesus, estou enxergando no escuro." A mão esquerda de Luntz vasculhava o painel. "Adrenalina." Encontrou o botão e puxou. A estrada surgiu à sua frente feito uma parede de âmbar. "Que diabos o Gambol está fazendo no meu mundo?"

Sally falou: "Oh, J., J., J., J., J.". Sua bochecha estava apoiada na janela e os dedos de uma mão espalmados no vidro.

"Você não vai parar de chorar, porra?"

"Nós dois estamos chorando. Você também."

"Estou chorando porra nenhuma." Luntz respirou profunda e hesitantemente. Seu estômago colou e ele apertou mais o volante e continuou dirigindo sempre em frente. Sentiu na boca um gosto de ranho.

"Estamos sendo seguidos", disse Sally. "Ali atrás. Com um farol apagado."

"Pode ser uma moto", disse Luntz, e Sally não falou nada. Luntz manobrou, deu a volta numa curva e fez a conversão tão depressa que ouviu as ferramentas e provavelmente o corpo de Capra deslizando na boleia. Olhando para trás na mão em que vinham, manobrou novamente, mas se esqueceu de reduzir a marcha e a caminhonete morreu.

O carro veio vindo até eles, passou e continuou em frente.

Sentaram-se calados na caminhonete, no meio da pista, ambos com a respiração ofegante. Sally chorava. Luntz acendeu um Camel. "Eu sabia que seria assim", disse ele. "Sabia que não daria conta desta merda toda." Deu a partida e mexeu no câmbio, pisou na embreagem e engatou e forçou com o volante até se posicionarem para subir de novo.

Sally pigarreava sem parar e cuspiu várias vezes no chão. Endireitou-se com as mãos nos joelhos. Até controlar sua respiração. Sally disse: "Então esse era o Gambol?".

O terreno começou a ficar íngreme. Luntz mudou para segunda marcha.

"É, era o Gambol."

"Seu porra. Seu merda do caralho."

"Com quem você está falando? O Gambol não está aqui, Sally. O porra não está ouvindo."

"Estou falando com você mesmo, seu porra, seu merda. Ele queria matar você."

"Quem? O Gambol? Ele não sabia que eu estava aqui. Como ele ia saber? Ele estava atrás de você, Sally."

"Seu merda. Talvez aquela vaca índia tenha contado pra ele. Ela contou. Ela dedurou você."

"A Anita não conhece ninguém de Alhambra. Nem um único pau balançando."

"Foi aquela sua puta."

"A Anita não sabe nada de Alhambra. Ela achou que Alhambra era o nome de uma prisão." Luntz abriu com força o quebra-ventos e jogou o cigarro fora, que voou numa nuvem de fagulhas. Não perguntou aonde ir. Só continuou indo.

A lua crescente estava bem alta, e numa noite dessas a superfície cheia do rio parecia o ventre trêmulo de uma coisa viva que se podia pisar e atravessar andando.

Anita parou no escuro junto da água, cabeça erguida e ombros para trás, e olhou fixamente para o vulto parado exatamente na margem oposta.

Anita ajoelhou-se e jogou no rosto quatro punhados de água com a mão esquerda, e o vulto do outro lado do rio fez o mesmo. Agora estavam ambos ajoelhados, com o rio pelo meio.

Por meia hora ela não se mexeu. Seus joelhos, panturrilhas, quadris, tudo queimava. Ela não tirou os olhos da figura do outro lado do rio.

As duas últimas noites ali naquele lugar tinham sido geladas. Esta noite também. As costas de suas mãos, suas bochechas, seus lábios, tinham sido fustigados pelo vento.

Quando ela ficou de pé, os joelhos da calça estavam ralados e pedaços de cascalho ficaram presos no tecido, mas ela não limpou e de nenhuma outra forma perdeu o foco no vulto ajoelhado na outra margem.

A forma escura do outro lado da água pareceu mais alongada, também imóvel.

Ficaram se encarando com o rio Feather no meio. Em duas ou três horas se ajoelhariam novamente e beberiam mais.

Luntz tirou a lanterna da mão de Sally, deu uma sacudida e mexeu no botão.

Sally agarrou firme. Luntz soltou. Sally bateu com a lanterna no painel.

"É uma porcaria."

Sally jogou no chão e pisou duas vezes, dizendo: "Está escuro, está escuro!".

"Vamos usar a luz de freio." Luntz puxou o botão e os troncos das árvores se materializaram diante deles com um brilho alaranjado.

Foram até a boleia. Sally baixou a porta, pegou a picareta e a pá pela ponta e puxou-as para fora, deixando cair a pá. Luntz agarrou a barra da calça jeans de Capra com as duas mãos e puxou. "Ajude a tirar aqui. Ah, Deus. A calça dele está saindo."

Sally falou: "Pelos *pregos* malditos de Cristo, cara. Deixe-o em paz". Alguns metros na frente da caminhonete, Sally rolou uma tora de madeira, livrou-se dos galhos secos para abrir espaço suficiente e começou a retalhar a terra com a picareta, arqueou-se para trás, andando de costas, e disse: "*Perfurações* malditas de Cristo, cara".

"É pra cavar quanto?"

"Precisamos de um metro e vinte. Um metro e meio. Se fizermos direito, em duas horas terminamos. Eu vou abrindo e você vai tirando a terra, depois eu abro outra camada. Você vai por um lado e eu pelo outro, depois trocamos. Eu cavei muita vala na Chancellor Farm."

"Onde fica isso?"

"Perto de La Honda. Hah! Lá no alto. Reformatório. Hah!" Sally parou de falar e ficou batendo com a picareta no ponto logo à sua frente, dizendo "Hah!" a cada golpe. Um minuto depois tirou a camisa e em seguida a camiseta pela cabeça, que enrolou no cabo da picareta, e disse "Proteja as mãos", e Luntz também tirou a camisa, fez com ela uma proteção no cabo da pá e cravou a lâmina na terra.

Trabalharam sem descanso. Luntz sentia-se capaz de cavar até suas mãos se desfazerem ou dar com o centro fundido da Terra. Toda vez que a pá batia numa pedra, ele se ajoelhava no buraco, cavava com as mãos e jogava longe, não importando o tamanho, dentro da mata.

"Quem está aí? Quem *é*?"

"São só coiotes."

"*Só*?"

"Cave. Cave. Cave."

Sally atacava a terra com a picareta como se fosse o rosto de um monstro. "Isso é loucura. Isso é loucura. Isso é loucura." Luntz juntou-se a Sally e cantaram juntos: "Isso é loucura, isso é loucura, isso é loucura".

Quando já não dava mais para trabalhar fora do buraco, passaram a revezar, um descansando na borda enquanto o outro ficava no fundo cavando. A escuridão se alterou, mas não era ainda exatamente a luz do dia. Luntz estava morrendo de sede, mas não tinham trazido água. Nas suas pausas, o machucado na mão direita latejava e ardia. Enquanto cavava ele não sentia nada.

Sally parou e disse: "Chega, chega, já chega". De pé num buraco até a altura da axila.

Luntz ajudou-o a sair, eles subiram na boleia, arrastaram o cadáver de Capra mais para fora e pularam de volta para o chão. Capra estava deitado na porta traseira da caminhonete abaixada, com os braços acima da cabeça e uma perna balançando. Ainda tinha uma expressão no rosto, mas não se parecia mais com Capra, e já não tinha mais nuca. "Pegue por cima", disse Luntz, dando a volta em Sally para segurar os tornozelos de Capra nos braços, e Sally travou os cotovelos embaixo dos braços de Capra, apoiando a cabeça pela metade em seu peito, então ergueram o cadáver até a frente da caminhonete e sem mais discussão rolaram-no para dentro da cova e o sepultaram.

Sally desabou ao lado do monte de terra e sentou-se de lado, respirando com dificuldade, passando os dedos na terra revolvida. "Quando foi a última vez que você conversou com ele?", perguntou a Luntz. "Que dia?"

"Eu?"

"Qual foi a última coisa que ele disse pra você?"

"Não sei. Você estava junto. Ele me perguntou quantas salsichas eu queria."

"Não, não, cara — alguma coisa mais significativa."

Luntz tentou se lembrar. Ficou de pé e esfregou os músculos das costas, abaixo das costelas. "Ele me disse que eu tinha ficado mais calmo, e que ele tinha gostado da mudança."

"É." Sally pousou a mão sobre a cova e se apoiou num joelho.

"Sally, me passe aquela ferramenta."

"O nome disso é pá". Sally estendeu o cabo da pá e Luntz pegou-a com as duas mãos, dizendo "Eu sei subtrair" e bateu nele de chapa com toda a força.

Sally pôs as duas mãos na cabeça e caiu para trás com as panturrilhas no chão.

"Quem contou para o Juarez onde eu estava?"

Sally arrastou-se de costas feito uma aranha, saltitando, rastejando, escapando dos golpes, Luntz golpeando de qualquer jeito — "Quem contou para o Juarez? Quem contou para o Juarez? Quem contou para o Juarez?" —, até que ficou sem força e parou de bater. Para continuar de pé, apoiou-se na pá. "Não fui eu, nem foi ele, e não foi ela. Então foi você. E como você sabia que eu tinha atirado no Gambol? O Juarez deve ter contado para você, só pode ter sido isso."

Sally tinha virado de lado. "Aquela vaca índia me disse."

"Mentira."

Sally tentou apoiar-se nas mãos e nos joelhos para se levantar e desistiu. Estava chorando e cuspindo sangue. "Hoje é sexta, sexta, sexta."

"E daí?"

"Estava marcado para *amanhã* à noite."

"Eles nunca vêm no dia que falam."

"Porra, mas por que não?"

"Porque sempre tem um traíra. Como você."

Sally arrastou-se até a cova e pôs as mãos na picareta como se estivesse falando com ela. "Eu só queria tirar a gente *daqui*. Não precisava ser para Alhambra."

"Então você dedou pro Juarez. Fez um acordo, foi isso? E olha só a merda que deu."

"Los Angeles — caralho, não importa —, *zona leste* de LA, que fosse. Tudo bem, eu morava num trailer com cheiro de chulé. Contanto que fosse numa *cidade*."

Sally se levantou sobre a cova e ficou girando a picareta como um temível rebatedor na primeira base, e Luntz só observou a picareta se aproximando, até que a ponta do ferro arqueado roçasse sua barriga. Curvou-se, sentou e disse "O quê?", quando bateu com a cabeça no chão. Sally saltou sobre ele, acertou-lhe o diafragma e apertou os dedos na garganta de Luntz com os braços estendidos, e Luntz sentiu-o fazer força para baixo. A visão de Luntz turvou-se num marrom brilhante, depois num púrpura suave, e então numa cor tão bonita que ele nunca tinha visto antes, na qual tinha tudo de que precisava e todo o tempo do mundo para decidir o que viria a seguir. Agarrou os pulsos das mãos que o esganavam e soltou-as com a mesma facilidade com que tiraria um agasalho esportivo; manteve-as à distância do braço estendido enquanto Sally ofegava, e o cuspe de Sally pingou em seu rosto. O corpo de Luntz respirava fundo, mas o próprio Luntz estava em outro lugar sem nenhuma necessidade de ar. Sally lutou para recuar, tentando se livrar das mãos de Luntz. Luntz soltou-o.

Ele ouviu a porta da caminhonete abrir e fechar. Luntz se levantou devagar, mas sem esforço. Sally veio até ele com a escopeta. Luntz observou-o cheio de paz no coração.

"Não está carregada."

"Quer apostar?" A cabeça e os ombros de Sally se mexiam como de um dançarino — klick-*ack*! — e ele apontou a arma para Luntz.

"Quanto?"

"Merda de pessoa. Tudo é motivo de aposta pra você."

Enquanto Luntz caminhava até Sally, ouviu o discreto clique da agulha do disparador na arma vazia.

Sally entregou a arma e Luntz jogou-a na caminhonete pela janela, entrou, deu a partida e ligou os faróis.

"Não dá para eu ir embora daqui a pé!"

"É só descida."

Sally ficou parado na luz dos faróis com a mão erguida sobre os olhos. Luntz deu ré devagar até o ponto em que podia manobrar, e deixou-o ali.

Luntz achava que tinham vindo pela única estrada até lá, mas agora chegava a uma bifurcação e sem reduzir pegou o caminho que lhe pareceu menos usado, e logo depois outra bifurcação, e então já não fazia ideia de onde estava. Em algum lugar entre onde estava e o rio, encontraria a estrada principal, era tudo o que sabia. Contanto que não desse uma volta completa, estava tudo bem. Olhou para o relógio — uma crosta de terra e sangue coagulado. Ele cuspiu e limpou na calça. O mostrador dizia quatro da manhã, mas o vidro estava quebrado.

A manhã estava clara e ele ainda veria quilômetros de estradas de terra até chegar ao asfalto, quando começou a descer em direção ao restaurante.

O celular de Mary começou a tocar; Gambol abriu os olhos e falou "foda-se", e quando parou de tocar ele e Mary voltaram a dormir; quando tocou de novo, ele alcançou o aparelho, apertou o botão e disse "vá se foder".

Juarez disse: "Você não me ligou".

"E o que você achou da lua?"

"Que lua?"

"Não viu a lua ontem?"

"Eu estou em Alhambra. Aqui não tem lua. Você terminou aquele serviço?"

"Terminou? Com base em que informação? A informação de merda que você passou..."

"Você está dizendo que não. O serviço não está feito."

"Não. Talvez só o outro cara."

"A pessoa com nome de mulher."

"Isso. Não achei escada nenhuma. Onde fica a escada?"

"O.k. Novo plano. Não olhe para trás."

"Não. Onde ficava a porra da escada?"

"Já passou. Vamos em frente. Vamos lidar com isso de outro jeito."

Gambol disse "Não vi nenhuma escada" e atirou o celular na parede do outro lado do quarto. Ao seu lado, Mary se espichou mas ainda parecia dormindo. Provavelmente fingindo. Gambol fechou os olhos.

Sonhou que estava esquiando completamente nu diante de uma multidão de espectadores, congelando de frio mas com uma imensa e amistosa ereção. Quando acordou, viu que tinha jogado longe as cobertas e ainda estava com frio, e com seu imenso amigo ainda de pé.

Tirou a cueca com uma mão e agarrou o ombro de Mary com a outra, e quando esfregou por trás a virilha nas coxas dela, ela se virou para ele de olhos fechados e sorriu.

"As últimas vinte e quatro horas foram simplesmente uma merda", ele disse quando ela abriu os olhos. "As próximas vinte e quatro horas começam agora."

Alguma coisa atingiu Anita no escuro, talvez o farol de um trem, mas era só a porta de entrada para a vigília. Ela olhou em direção à porta, que se abriu. Jimmy estava ali parado, apontando uma escopeta para ela.

Deitada na cama, ergueu o corpo e apoiou-se nos cotovelos. Seus pensamentos ficaram para trás, e mesmo ao olhar para ele, ela disse: "Quem está aí?".

Ele fechou a porta e trancou. "Onde você esteve?"

Ela tentou se lembrar.

Ele jogou a escopeta na cama, levantou a sacola de lona e atirou-a no chão bem ao lado dela. "Por onde você andou desde quarta-feira?"

"Descendo o rio Feather."

"O rio Feather está logo aí nos fundos."

"Outro pedaço do rio. O meu pedaço."

"Mas dois dias? Três dias?"

Ele começou a tirar cartuchos vermelhos da sacola e a enfiá-los na escopeta.

Ela conseguiu girar as pernas e pôr os pés no chão. "Por favor, não faça isso."

"Está descarregada."

"Então deixe assim."

"Por quê?"

"Porque eu não quero ficar num quarto com você e uma arma carregada."

"A sua está carregada." Então ele tirou um abridor de lata enferrujado do ímã da porta da geladeira. Os movimentos dele não faziam sentido para ela. Ele disse: "Certo? Você está com a sua arma, não?".

"É. Estou."

Ele pegou uma das cápsulas, furou uma das pontas com o abridor e despejou várias bolinhas no colchão. "São dez — onze — caralho. Onde elas vão parar? Aonde isso vai depois que você atira com a *porra* da escopeta?"

Ele guardou a escopeta na sacola, começou a fechar o zíper e parou, enfiando a mão na boca.

"Quando você começou a chupar o dedo?"

"Está doendo." Jimmy olhava para os lados como que atacado pelos próprios pensamentos. "Precisamos ir embora."

"Não posso nem me mexer."

"Como assim?"

"Estou cansada. E você está todo sujo. Você está nojento. Parece que veio da roça."

"Você também. Dormiu embaixo da ponte?"

"Eu não dormi."

Jimmy parou na porta do banheiro, olhou no espelho e disse: "Jesus".

Sentada na beira da cama, ela deixou a cabeça pender para a frente.

"Abra os olhos." Pegou-a pelo queixo. "O plano é o seguinte. Você toma um banho de dois minutos. Vou encontrar alguma coisa para vestirmos lá embaixo. Depois eu tomo um banho de dois minutos."

"Por que você está chorando?"

"Não estou chorando. Tome seu banho."

"Jesus Cristo, Jimmy, tem ranho no seu rosto."

"Vamos, vamos, vamos."

Ela entrou no chuveiro e teria ficado ali para sempre, mas a lâmpada do teto queimou, e na penumbra embaixo da água caindo ela pensou ter visto libélulas vindo pelo ralo e subindo até seu rosto, e saiu do boxe rapidamente. Deitou no colchão sem procurar toalha e só percebeu que estava caindo no sono quando alguma coisa a despertou.

Jimmy estava em cima dela com uma calça jeans curta para as suas pernas e larga demais na cintura. "Mexa-se, querida." Jogou para ela uma pilha de flanela e brim, e ela vestiu-se de calça jeans e camisa de lenhador enquanto ele ficava mexendo aqui e ali, tentando ajudá-la com as roupas, e ao mesmo tempo murmurando números:

"Temos dez por cento de um plano. Vamos até o juiz. Pegamos a metade dele. São mais quinhentos mil para cada um de nós. Depositamos em duas contas e vamos um para cada lado. Você se resolve com o seu marido ou não — isso fica para depois. Estou fora dessa."

"Esta calça está caindo."

"Fique com o meu cinto. Cadê a sua bolsa? Passe pra cá." Ele tirou a escopeta da sacola. "O.k. Pronto."

"Pronto para?"

"O único jeito", ele disse, "é assim como estamos fazendo. Eu sei como isso acaba, mas não tem outro jeito."

"Por quê?"

"Porque o Gambol fez uma coisa ruim. Vamos."

Descendo a escada, Jimmy se virou para ela e falou: "E o seu sapato?".

"Eu não preciso de sapato." Ela passou por ele na escada.

"Você não tem nenhum sapato?"

"Eu tenho dois pés." Ela passou em frente à porta do restaurante. Continuava aberta.

"No Cadillac, não", Jimmy disse. "A caminhonete." Seus pés descalços mudaram de rota e levaram-na para a caminhonete.

"Entre. Entre. Entre."

Jimmy jogou a escopeta no chão do lado de Anita. Ainda estava com a bolsa dela. Tirou dali a chave do Cadillac e jogou a bolsa em seu colo, fechou a porta na cara dela, foi até o Cadillac e espalmou a chave no vinil da capota.

Enquanto se ajeitava no banco ao lado dela, ele disse: "Facilitar para o próximo dono". Inclinou-se cansado sobre o volante ao dar a partida na caminhonete.

Gambol acordou com o cheiro de comida. A luz do dia vazava ao redor das cortinas no quarto. O celular de Mary, ele viu, estava de volta no carregador na cabeceira. Pegou-o na mão, esfregou os olhos com o dorso e disse "Porra".

Ligou para o O'Doul's, uma mulher atendeu. "Que foi? Dooley's."

"O que foi o quê? O Juarez."

"Nunca ouvi falar."

"Chame o Juarez. É o Gambol."

"Ele não está."

"Aqui é o Gambol, já disse. Vá chamá-lo."

"Ele foi para o norte."

"Que norte?"

"Norte. Só falou isso."

"Quando ele saiu?"

"Não sei. Foi bem cedo."

"Quem foi com ele?"

"O Montanha."

"Mais ninguém?"

"Só o Montanha. Mais alguma coisa?"

Ele encontrou Mary na cozinha de roupão curto, com uma frigideira e um cigarro na boca, cantarolando. "Bife a cavalo", ela disse, "e adivinha o que mais? Champanhe."

"O Juarez está vindo."
"Vindo aonde?"
"Aqui."
"Merda. Aqui? Merda."
"É. Com o Montanha."
"Aquele monstrengo ainda está com ele?"
"Aquele monstrengo está com ele desde sempre."
"Ele sempre foi assim? É de nascença?"
Gambol disse: "Você quer dizer a altura?".
Mary riu como se não tivesse graça. "Como o rosto dele ficou daquele jeito?"
Gambol deu uma olhada nos nacos sangrentos frigindo na panela e falou: "Perdi a fome".

Luntz estava pisando fundo, forçando até ouvir os pneus cantando nas curvas. Se um guarda fizesse sinal para parar, ele atiraria o carro num penhasco.

"Você rela nesses caras, sabe como? Só rela — e tem uma coisa elétrica, sai alguma energia deles, você fica valente, mas só que — esses caras são dureza."

Ela nem respondeu. Ele a cutucou no ombro. "Você não está curiosa? Não quer saber das novidades? O Capra morreu. O Gambol estourou a cabeça dele."

"Em cem anos todo mundo vai estar morto."
"Você já conheceu alguém que foi assassinado?"
Ao lado dele, ela estava branca e pálida. "Os mortos voltam. A morte não é o fim."

"Sejamos otimistas", disse ele, "e convenhamos que isso é bobagem."

"De noite dá para ver os mortos de pé do outro lado do rio."
"Isso está me soando a *delirium tremens*." Tirou a garrafa de

vodca do bolso da camisa larga — de Capra, ou talvez de Sally — e passou para ela. "Divirta-se."

Ela abriu a tampa. "Se você sabe onde é o local da travessia", ela disse, "dá para bloquear a passagem deles." Ela parecia uma criança com a roupa do irmão mais velho. Ergueu a garrafa e virou-a com os lábios no gargalo.

Três motoqueiros passaram, subindo pela outra pista. Em seguida outros dois, lado a lado. "Devem começar cedo em Bolinas. Saímos bem a tempo." Meio minuto depois, todo um bando — sete, oito, nove, Luntz perdeu a conta.

Ligou o rádio e procurou no dial até encontrar música, qualquer coisa, não precisava nem ser música mesmo — country. Começou um noticiário, e Anita deu um tapa no botão até tirar dali.

"Aqui ainda pega? Cadê o seu telefone?"

"Não sei."

"Olhe na bolsa. Dê aqui. Não fique só olhando. Porra. Ligue para informações."

"Quer ou não quer?"

"Peça o número da taverna O'Doul's em Alhambra." Luntz pegou a custo seu maço e só tinha mais um cigarro. Estava rasgado no meio e sujo de terra. Só conseguiu dar dois tragos com ele aceso e jogou fora.

Anita disse: "Está chamando".

Arrancou o celular da mão dela quando a mulher atendeu.

"Dooley's, querido."

"Quero falar com o Juarez. Urgente."

"Aqui não tem nenhum Juarez."

"Fale que é o Gambol."

"Ele ainda não voltou."

"Não me enrole."

"Como eu disse antes — ele saiu."

"Aonde ele foi?"

"Também já disse. Ele foi para o norte."

Luntz parou para pensar.

A mulher perguntou: "Quem está falando?".

Desligou com o polegar e seguiu em frente na estrada por alguns segundos com o celular para fora da janela, depois deixou-o cair.

Anita estava sentada com as mãos em volta da garrafa vazia.

A manhã parecia ter sido iluminada com maçarico. As bordas de seu campo de visão cintilavam. "Meu Jesus, me dê música." Precisou girar várias vezes o dial para mover um centímetro o ponteiro da estação. Nada de música. Só notícias aqui e ali, um assassinato local.

"Você ouviu isso?"

Anita foi mexer no dial, e Luntz deteve seus dedos e esmagou-os até ela gemer um pouco.

"Desilvera. É o seu nome."

Ele estava esmigalhando os dedos dela. Ela parou de insistir.

Ele a soltou. "É o Hank. Henry Desilvera. É o seu marido."

Ela olhou para a frente. "Era."

# PARTE QUATRO

Jimmy dirigia a picape com a mão esquerda, o braço direito cruzado no peito e a mão direita para fora da janela. "Você matou o cara?"

Anita pegou a garrafa no colo e certificou-se de que não sobrasse nenhuma gota. Estava pensando em onde Jimmy tinha machucado a mão.

"Você matou o seu cara?" Agora a mão direita se movia para a frente e para trás entre mudanças de marcha e de estação. "Acabaram de falar *neste* rádio, bem *aqui*. Henry Desilvera. Morto a tiros em sua residência."

"Deus o tenha." Ela fechou os olhos e enrolou os dedos dos pés descalços no cano da escopeta.

"Não sei o que dizer."

"Por que você não diz: 'Uau'?"

Ele achou alguma coisa e aumentou, um trio de mulheres cantando —

*É um tubo gostosinho*

*Qué pegá, qué pegá*
*É um tubo gostosinho*

— e Jimmy exclamou "O quê?" e Anita disse "Qué pegá?", porque soava mais instigante, e Jimmy girou o dial — "Isso é *merda* dessa gente burra".

Jimmy encostou a caminhonete quase atropelando um mourão de cerca, freou bruscamente e o motor morreu. No pasto à frente deles havia cavalos balançando a cauda, erguendo e baixando a cabeça. Jimmy falou: "Deixe-me ver sua arma".

"Eu não fico mostrando a minha arma por aí assim."

"Quero ver se foi usada."

"Como você pode saber?"

"Vamos ver." Ele tirou o revólver da bolsa dela e enfiou embaixo do banco do lado do motorista. "Cadê o seu sapato?" Ele levantou o joelho dela com uma mão, tirou a escopeta de debaixo dos pés com a outra e deixou o revólver onde estava. "Chega de armas." Enfiou o dedo no bolso de sua camisa larga, não encontrou nada, vasculhou no painel e achou seu maço de cigarros, vazio. Amassou-o e jogou no para-brisa à sua frente, girou a chave e pisou fundo, e aí sim acertou o mourão da cerca.

Anita permaneceu calada e deixou-o pensar, se é que era isso que ele estava fazendo. Ele olhou para a fazenda calma diante deles como se pudesse pular a cerca e sair andando pelo campo até se perder.

"Não sei o que você fez", disse ele. "Mas sei que você armou pra mim."

Deu ré, voltou para a estrada e seguiu viagem.

Continuaram até Madrona, onde a necessidade de prestar atenção no trânsito aparentemente ajudou Jimmy a se concentrar. Dirigiu calado e já estava quase no centro da cidade ainda sem saber aonde ia quando resolveu parar no estacionamento do Alaska Burger. Desligou o motor e ficou olhando o urso-polar segurando um pão gigante na calçada.

Anita disse: "Quero a minha arma".

"Chega de armas."

"Vou precisar quando formos falar com o juiz."

"Você me enganou."

"Eu pus você na jogada. Você estava certo. O juiz teve uma passagem no tribunal. Andou com maus elementos."

"Eu não sou bandido."

"Você não sabe o que você é. Ele vai abrir o bico. E é um velho doente. Não passa de um bolo de câncer."

"Uau. Você é mais malvada do que eu pensava. Muito pior."

"O meu povo é da terra. Nós sabemos quem são os demônios. Mas nós adoramos o demônio. Nós amamos o demônio."

Ele olhou bem para ela. Algo se movia em seu ventre como uma criança, e a criança era Jimmy. Ela tampou os ouvidos para o choro da criança, e sentiu a criança tirando forças de seu sangue. Jimmy parou de encará-la. Virou-se e colocou as duas mãos no volante. Ergueu a esquerda para consultar o relógio de pulso arrebentado. "Falta muito para escurecer?"

"Sei lá."

"Seria melhor irmos depois de escurecer. O juiz tem computador?"

"Talvez. Acho que sim."

"E se tiver alguém cuidando dele? Tem mais gente na casa?"

"Sei lá."

"Então vamos dar uma olhada no lugar agora mesmo. Você sabe onde ele mora, né?"

"Sei."

"Ótimo. Eu disse que tínhamos dez por cento de um plano. Está mais para dois por cento. Preciso comprar cigarro."

Quando Jimmy saiu, ela fechou os olhos e cochilou até

ele estragar o momento abrindo a porta e soprando fumaça, dizendo: "Alerta vermelho. Acabei de ver o Juarez. Ou o Cadillac dele. Ou o Cadillac do Gambol. Esses filhos da puta têm o carro idêntico". Ele bateu a porta, não fechou, bateu de novo e deu a partida, olhando para todos os lados ao mesmo tempo como um malabarista observando objetos no ar. "É, o Gambol foi lá e pegou de volta o Cadillac dele. Ou é o do Juarez. Eles parecem essas garotas do colegial — que têm carros iguais." Estava dirigindo rápido, só olhando para o retrovisor. "Não estavam nos seguindo. Eles não conhecem esta caminhonete. Só o Gambol deve ter visto ontem à noite. Mas, sabe como é, existem milhões de caminhonetes. A não ser que o Sally tenha falado. Porra de Sally. Porra. Vamos acabar logo com isso e dar o fora. Dar o fora dessa porra e..." Anita estava sentada de olhos fechados, cantarolando "Qué pegá, qué pegá", com a sensação de um mergulhador de penhasco num céu noturno, enquanto Jimmy costurava pelas ruas e não parava de falar.

Gambol estava tomando café da manhã na mesa do canto, perto da janela. Meia hora antes dissera que estava sem fome, mas agora que a comida estava fria ele queria.

Mary colocou o prato dos dois no micro-ondas e falou: "Bife a cavalo de micro-ondas não é muito bom". Mostrou a garrafa de Mumm batendo com as unhas. "Que tal champanhe?"

"Não quero."

Ouviram um carro lá fora, e Gambol observou-o pela janela até ir embora.

Mary disse: "O Montanha está mesmo com ele?".

"Eu disse que está." Mary deu de ombros, e ele acrescentou: "Ele não é tão mau".

"Quanto falta para eles chegarem?"

"De lá para cá, como você mora na Five", disse ele, "é um tiro só."

"Veja se fica bem, certo? Ande ereto. Quero que ele me pague bem por ressuscitar a sua perna. Vinte mil. Desta vez eu vou para Montana."

"Desta vez?"

"Eu já trabalhei assim para ele antes. Ele me ajudou na minha última grande mudança."

"De onde?"

"Daqui."

"Você continua aqui."

"Eu não pensei grande o bastante. Ganhei algum dinheiro, mas só deu para o carro."

"O que você fez pra ele?"

"Vendi um pacote de Dilaudid pra ele."

"Eu me lembro disso. Foi você?"

"Digo um pacote pesado. Peguei três dias antes da minha dispensa. Ele ganhou uma bolada, não foi?"

"Foi."

"Eu não. Ganhei um bolinho, é menos que uma bolada. Deu mais de cem mil?"

"Eu não fico contando quanto ele ganha."

"Ele me pagou quinze."

"Podia ganhar mais."

"De quem? Você acha que eu conheço muitos malandros?"

Gambol pôs os dedos no peitoril da janela. Outro carro lá fora. Mary disse: "O Juarez é um figurão do tráfico?".

"Não."

"Mas nem sempre não. Às vezes, sim."

"Não, ele é só — se sobra uma moeda, geralmente fica pra ele. E ele é rápido pra pegar."

O micro-ondas apitou. Gambol nem reagiu. Pelo jeito como

fixava a atenção na janela, Mary viu que era melhor ela vestir um roupão mais comprido.

Quando ela saiu do quarto, Gambol estava concentrado em seu prato, e Juarez do outro lado da mesa, vendo-o comer.

"Isso é tortura", disse Juarez. Estava mais gordo e com olheiras, e parecia animado, com o tornozelo cruzado sobre o joelho, inclinado para a frente, batendo com os dedos na ponta da bota. Ainda usava aquelas botinhas afeminadas até o tornozelo e, esta manhã, uma camisa de seda platinada recém-tirada da caixa, estampada, com botões. "Não como nada desde ontem." A barra da camisa tinha saído atrás, revelando o volume de uma pequena automática num coldre preso ao cinto.

Mary estourou o champanhe e disse: "Este é para comemorar a — porra, vocês decidem", e a rolha voou da cozinha e foi parar sabe Deus onde.

Ela não foi procurar porque o Montanha estava deitado de sapatos no sofá da sala e com o chapéu cobrindo o rosto.

"Ainda não vou brindar. Estou faminto." Juarez apontou para o bife no prato à sua frente. "E esse outro?"

Gambol disse: "É dela".

"Então, depois que você comer", Juarez disse, "você vem comigo e me espera. Vamos dar uma volta. Paramos para um café da manhã. Mas principalmente vamos dar uma volta, porque eu acho que vi nosso amigo — o senhor Jimmy. Faz dez minutos."

Gambol falou: "Ah, é?".

"Uma caminhonete azul, talvez. Ford? Bem velha. Mas não vimos a placa."

"A placa?"

"Nosso outro amigo entrou em contato e me deu o número. A pequena Sally."

Gambol disse: "Oh".

"É, o Sally ainda está por aí emporcalhando o planeta. De

modo que, você sabe, a outra parte envolvida que você falou, o desconhecido que você encontrou — foi um bônus. O azar, quando vem, vem mesmo."

Gambol terminou seu bife e enfiou a torrada no ovo enquanto Juarez observava e Mary bebia a Mumm da garrafa. Gambol apontou com o garfo. "O seu bife está esfriando."

"Vá em frente", disse Mary.

Gambol trocou de prato com o dela, e Juarez suspirou e disse: "O senhor Gambol é uma pessoa de talento. Fico feliz de trabalharmos juntos. Orgulhoso". Virou um pouco sua cadeira e mediu Mary de cima a baixo. "O Exército não transformou você numa lésbica."

"Não pergunte, não conte." Ela virou um trago de champanhe.

"Você engordou?"

As bolhas subiram para o nariz e a cabeça, e ela, engasgada, sussurrou: "Não pergunte, não conte".

"Você está bem." Juarez se levantou, foi para a sala, falou com o Montanha e voltou trazendo um envelope cheio. "Gambol também está bem. Você o consertou. Olhe só esse apetite." Mesmo de bota, Juarez ainda ficava um pouco mais baixo do que Mary de salto. Curvou-se levemente, estendeu o envelope.

Ela abriu e conferiu com o polegar. Dez maços, presos com fitas em que se lia $2000. "Está tudo aí."

Juarez pegou a mão dela, mas não cumprimentou. Só ficou segurando. Para Gambol, ele disse: "Não me agradeça".

"Eu não ia."

"Eu sei. Certo, Mary. Encerramos por aqui. O Montanha e eu precisamos de um bom café da manhã. Você recomenda algum lugar por aqui onde também possamos falar de negócios?"

Agora o Montanha veio até a cozinha. Parado sob a luz do teto com seu chapéu inclinado para a frente e o rosto na sombra, com seu mindinho cor-de-rosa enfiado numa narina, se é que aquilo era narina.

Juarez disse: "Mary?".

Ela se virou e continuou olhando para dentro da pia.

"Onde servem um bom café da manhã por aqui?"

"No shopping. No centro. Em frente ao shopping."

"E aqui tem centro mesmo?"

Jesus Cristo, ela queria gritar, tire esse sujeito da minha casa.

Artigos diversos se espalharam pelo chão quando Luntz pegou a primeira saída possível da estrada na maior velocidade que podia. Tentou falar em tom de conversa. "Eles viraram?"

Anita se endireitou e olhou para trás. "Não. Quer dizer, sim. Agora eles viraram."

"São eles. Eles conhecem a caminhonete."

Anita agarrou o braço dele para se equilibrar quando entraram numa estrada. "Agora não estou vendo mais nada."

"Aquele Cadillac engoliria isto aqui." Passaram entre pastos abertos, completamente expostos. "Olhe para trás. Segure."

"Essa não." Com a mão esquerda, ela deteve o volante. "Vá mais duas."

Ele conferiu no retrovisor. "Olhe lá, são eles. Não importa em qual a gente vire."

"Na próxima. Na próxima. Essa."

"Cuidado com o câmbio."

Acabou o pasto. Aceleraram por um trecho de casas. Ziguezaguearam por entre quadras, sentindo o conforto dos muros à sua volta. Não se via o Cadillac. Mas devia estar por perto.

"Mais depressa."

Luntz foi mais devagar. "Precisamos largar esta caminhonete." Procurou algum tipo de beco, uma garagem com a porta aberta, qualquer lugar um pouco mais reservado.

Anita pesava inclinada sobre ele e agarrava e forçava a direção, dizendo "Esquerda, esquerda, esquerda", e os teria feito entrar com o carro na varanda de alguém se ele não tivesse freado de repente e desviado pelo gramado e depois saído por uma travessa.

"Jesus. Eles estão aí?"

"Não. Não. Olhe aquela casa mais para cima. Acho que dá para entrar."

"Aqui?"

"Aquela ali, aquela ali." Ela estava procurando alguma coisa na bolsa. "Não na entrada. Vai bloquear o carro. Pare do lado da casa." Ela já estava abrindo a porta antes mesmo de ele contornar o sedã grande estacionado na rampa de entrada e vir de ré, pela lateral, raspando na cerca do vizinho até parar, travando a própria porta. Ele pegou a escopeta e se arrastou atrás dela para o lado do passageiro, hesitou dois segundos, deitou-se de comprido no banco e procurou no chão o revólver de Anita.

Ela já estava lá na frente. Ele foi atrás, disfarçando, esperava, a escopeta entre o braço e as costelas, cano na mão e a empunhadura de pistola embaixo do braço, ao mesmo tempo com o revólver na cintura, que a camisa para fora encobria. Encontrou-a na varanda.

Ela estava com um molho de chaves na mão. Estava lendo um papel vermelho colado na porta, o texto impresso em maiúsculas pretas. A porta atravessada de fita amarela escrito CENA DE CRIME NÃO ULTRAPASSE CENA DE CRIME NÃO ULTRAPASSE.

Ela arrancou a fita amarela, e Luntz falou "Ei".

Ela abriu a porta, deixou-a escancarada e entrou.

Luntz deu dois passos para dentro e parou impressionado com o silêncio que havia ali — uma sala de estar rebaixada com tapete creme e um bar de madeira, um corredor também lacrado com a mesma fita amarela, e alguma coisa nesse corredor, talvez um abajur ou uma escultura, envolta num saco plástico preto.

Ele ouviu Anita na cozinha, abrindo e batendo portas de armário, dizendo "Filho da puta. Filho da puta. Filho da puta".

Luntz desceu até a sala de estar, pisou no tapete e ultrapassou a fita, entrando pelo corredor e caminhando até a porta aberta no fundo. Uma cama de casal grande, roupa de cama desfeita, piso de madeira vermelho-escura, com um pouco de sangue espalhado — algo como meia xícara de geleia coagulada ao redor da axila esquerda de uma silhueta branca de braços erguidos e pernas muito curtas. Por alguns segundos, Luntz não conseguiu tirar os olhos daquilo. A pessoa de giz estava sem as pernas abaixo dos joelhos.

Do lado de fora do quarto ficava um jardim. Folhas largas e grandes flores escuras cabeceavam à janela. Luntz limpou a boca com o punho e sentiu seus lábios se mexendo. Esgueirou-se porta afora e, no meio do corredor, virou-se e saiu correndo para a cozinha.

Anita estava junto à bancada, abrindo a tampa de um pote de biscoito. "Vamos." Chave do carro.

"Leve-me embora daqui", ele disse. Ela abriu o ferrolho e ele saiu atrás dela pela porta da cozinha, dizendo: "Isto está acabando com os meus nervos". Ela o conduziu até a garagem e depois pela lateral e por fim ao sedã parado em frente. "Devo dizer que você é uma pessoa calma." Entraram no carro, e ela saiu dali depressa mas tranquilamente, não exatamente cantando pneu. "É. Calma por fora." Estavam a mais de cento e vinte numa rua residencial. "Você é eficiente. Isso sim." Esfregou o antebraço no rosto suado. Por baixo da camisa, o suor escorria em suas costelas. "Incrível!", ele disse. "Você nunca fica tensa?"

Jimmy deixou a escopeta entre eles no banco. Anita cobriu-a com a bolsa, o máximo que pôde, e abriu as janelas para respirar enquanto Jimmy tragava e soprava sua fumaça dentro do carro. "Nossa", Jimmy disse, "isto é um Jaguar. É seu?"

"Nada é meu."

"Isto é madeira de verdade, não é?" Ele estava tocando nas coisas.

De repente estavam bem no centro, e ela se sentiu uma idiota. "Pegamos o caminho errado. Todo mundo na cidade conhece este Jaguar."

"Encontre uma garagem."

"A mais próxima fica a uns cem quilômetros daqui."

O shopping de Madrona consistia em um cinema Rex e uma farmácia Osco e meia dúzia de lojas, algumas vazias, com tapumes na vitrine. Foram até os fundos do cinema e pararam numa viela atrás de uma escavadeira laranja e um monte de pedregulhos de asfalto.

Jimmy falou: "E agora? Falta quanto para escurecer?".

"Pare de fazer perguntas. Eu não sou o sol."

Ele ergueu a barra da camisa. "Não podemos ficar com esta arma."

"É minha."

"É encrenca. Tem uma morte nela. Agora", disse ele, "é a prova de um crime." Ele jogou o revólver dela embaixo do banco.

Ela se inclinou sobre ele e procurou a arma, mas ele chutou o revólver para trás, longe do alcance dela.

"Quero a minha arma."

Jimmy endireitou-se no banco e ficou imóvel, dizendo: "Quando você puxou o gatilho, ele caiu reto para trás. Ele estava ajoelhado".

O cinzeiro fedia. Ela fechou-o.

"É", ele disse, "de joelhos." Ele se recostou e fechou os olhos.

Ela desligou a chave de ignição e deixou seus pensamentos

viajarem. A cabeça dela sacudiu — havia cochilado por um instante. Jimmy estava sentado com a cabeça para trás, pálpebras fechadas, respirando com ruídos altos pela boca.

Ela sentiu a criança outra vez se mexendo dentro de si, a criança que era Jimmy. Ela trancou-a, mas o choro irrompia lá de dentro.

"Jimmy. Jimmy."

"O que foi?"

"Estamos a dois quarteirões da polícia. Menos de dois."

Ele esfregou os olhos e o rosto com as duas mãos e acendeu um cigarro. "Dois o quê?"

"Quarteirões. Da delegacia. Se você continuar descendo a rua onde estávamos — tem um globo luminoso na entrada."

"Bem, Anita... Tenho certeza de que é tudo verdade."

"O que você fez de tão ruim? Eles protegerão você."

"Quem — a polícia?"

"Pelo menos eles o manterão vivo."

"A polícia? Você quer que eu cague tudo e me entregue?"

"Eles são mais horríveis do que essas outras pessoas?"

"Jesus Cristo — a polícia? Sei. Não tem nem comparação."

Ele fumou, olhando para o cigarro.

Ela fechou os olhos e adormeceu.

Segundo Gambol, o bairro parecia igual ao da casa de Mary, um subúrbio dando para uma mata de montanha. Deslocou seu olhar fixo para as grandes janelas enquanto Juarez dirigia o Cadillac devagar.

Várias caminhonetes. Algumas azuis. Nenhuma Ford.

O Montanha ocupava sozinho o banco de trás. Mudou para o meio, e Juarez ajustou o retrovisor para tirá-lo de seu campo de visão.

Gambol ouviu a garganta do Montanha fazer barulho. Talvez estivesse com uma bebida. A mão dele apareceu no encosto do banco de Juarez. As mãos dele chamavam mesmo a atenção.

O Montanha falou: "Mais pra frente".

"Oh, não, tarde demais." Juarez virou à esquerda, seguindo o fluxo de duas pistas paralelas pegando um pedaço da ilha gramada. "Uma certa pessoa está fazendo barbeiragem hoje."

Na outra esquina, Juarez virou à esquerda de novo e acelerou até o meio do quarteirão. Gambol pôs a mão no painel quando ele freou diante de uma casa cuja porta de entrada estava escancarada. Na lateral, entre a casa e a cerca, estava o Ford azul.

Gambol pegou a bengala e destravou a porta, e Juarez disse: "Poupe-se. Montanha, você vai lá e dá uma olhada?".

O Montanha tinha cerca de um metro e oitenta. Eles ficaram observando-o atravessar o gramado. Usava um terno marrom de executivo e um chapéu fedora dos anos 50 bem inclinado para a frente e sapatos amarelos de velho, mas se movia como um homem de meia-idade.

Juarez descansou o braço direito no encosto do banco; Gambol retirou o braço, pegou o castão da bengala e reposicionou-o sem razão.

"É uma cena de crime."

Gambol reparou na faixa brilhante enrolada na varanda, uma ponta solta tremulando e parando, conforme a brisa.

Juarez falou: "O que você acha?".

"Eles trocaram de carro."

"A garagem é logo ali", disse Juarez. "Idiotas, idiotas. Eles deviam ter escondido a caminhonete. Qual você acha que eles pegaram? Quero dizer, qual carro?"

"Eu tenho cara de vidente?"

"Este é um bairro bom. Eles devem ter escolhido um carro bom."

O Montanha voltou e abriu a porta de trás do Cadillac. "Não tem ninguém." Ele entrou, bateu a porta, ajeitou-se e disse: "É uma cena de crime lá dentro".

"Fique atento", Juarez engatou. "Vamos dar uma passeada. Procure um belo carro dirigido por um idiota."

O Montanha falou: "Qual a próxima parada?".

"Café da manhã. No centro."

Jimmy Luntz acordou com um espasmo. Ele havia caído no sono enquanto dirigia. Mas não havia direção. Ele era o passageiro. Quando o dia se recompôs ao seu redor, ele ficou imaginando se alguma coisa, talvez a escavadeira diante deles, não teria caído do céu sobre o belo Jaguar. Mas aparentemente eles haviam sido atingidos por trás.

Anita disse: "Jimmy".

Juarez estava de pé ao lado da janela de Jimmy, fazendo sinal para ele abrir o vidro.

Gambol veio pela janela de Anita. Quando ela tentou abrir a porta, ele a fechou com força. Ela deu a partida, mas não tinha aonde ir.

Luntz mexeu a mão no descanso de braço da porta, pensando depressa mas sem aparecer nenhum pensamento, e seu vidro desceu.

Juarez se curvou para colar o rosto no rosto de Luntz. "Tivemos um pequeno acidente, e eu sinto muito. Mas está tudo bem. Vamos levá-los justamente para onde vocês estavam indo."

Gambol abriu a porta da mulher. Ela estava olhando para a escopeta ao seu lado no banco.

Ele ficou observando a mão direita dela. Ela hesitou, depois pôs a mão no volante e o pé na rua e saiu do carro. Estava descalça.

Luntz perguntou a Juarez: "Esse Cadillac é o seu ou o do Gambol?".

"Esse aí é o meu", disse Juarez, passando por trás do Cadillac para abrir a porta traseira. "Luntz primeiro." Luntz entrou no carro e Juarez disse: "Nossa dama atrás". A mulher obedeceu.

O Montanha assumiu a direção. Pela inclinação do chapéu, Gambol percebeu que ele analisava a mulher pelo retrovisor.

Gambol bateu na janela de Luntz até o Montanha abrir. Ele forçou o capô com a bengala até abrir. Apoiou a bengala na janela de trás, inclinou-se e enfiou um dedo com força no olho esquerdo de Luntz. "Eu quero a sua camisa." Luntz desabotoou, Gambol tirou o dedo e arrancou a camisa de Luntz; foi para o Jaguar, enrolou a escopeta com a camisa e colocou o embrulho no porta-malas do Cadillac.

Juarez estava com as mãos apoiadas na janela aberta do Cadillac do lado da mulher. Abaixou-se para espiá-la. "Olhe só esses pezinhos sujos."

Gambol voltou até a janela de Luntz e estendeu a palma aberta para cima debaixo do nariz de Luntz. "A minha carteira." Luntz se remexeu no banco, buscou no bolso da calça e tirou a carteira. Gambol deu-lhe dois tapas no rosto com a carteira, e guardou-a no bolso sem conferir. Luntz ficou sentado com os olhos lacrimejando, sem camisa, com seu peito de pomba. "Luntz. Uma calibre doze não é uma varinha mágica. Não é só você agitar que as pessoas vão explodindo."

A mulher de Luntz deu risada.

Gambol disse a ela: "Eu não gosto de você".

"Tudo bem", disse Juarez, estendendo o braço até o colo dela para tocar sua mão, que era um punho fechado, "todo o resto do mundo gosta dela. E ela vai lhe dar a chave do Jaguar, não é mesmo, senhor G.? E vamos todos seguindo atrás de você até a casa da Mary. E você vai ligar para Mary e dizer para ela sair de casa, e deixar a porta da garagem aberta."


Luntz apertou duas vezes o joelho de Anita, sinalizando alguma coisa, que ele não sabia o que era, enquanto Juarez entrou no banco de trás pelo lado de Anita, mediu-a de cima a baixo e disse: "Rapaz".
    O Montanha dirigia, seguindo o Jaguar pelas avenidas. Juarez observava o rosto de Anita tanto quanto a paisagem à sua frente. Juarez falou: "Ela é um pouco demais para você, Luntz. Outra classe de pessoa".
    Luntz disse: "Eu sei disso".
    "Como ela se chama?"
    Luntz disse "Anita".
    "Qual é o sobrenome dela?"
    "Desilvera."
    Pegaram mais cinco minutos de estrada até chegar a outro bairro de Madrona. O Montanha reduziu, com o braço para fora e a mão fazendo sinal para o Jaguar ir até o final do quarteirão. "A garagem ainda está fechada." No fim da quadra, o Montanha parou atrás do Jaguar e estacionou.
    Luntz disse: "Porra de Sally, Sally traíra". Curvou os ombros nus para dentro e se cobriu, abraçando-se com os próprios braços. "Eu devia ter batido até matar com aquela ferramenta. Pá. Com a pá."
    O Montanha fechou os vidros e ligou o ar-condicionado.
    Juarez falou: "Anita".
    "Sim."
    "Seus olhos estão um pouco tensos, e eu acharia melhor se você relaxasse."

"O.k."

"Não vai acontecer nada a você. Hoje não é o seu dia."

Anita olhava fixamente para a parte de trás do chapéu do Montanha. Luntz apertou com força sua coxa, mas ela nem piscou. Ela disse "O.k.".

O Montanha engatou dizendo "Lá vai ela", e manobrou em alta velocidade, foi até o meio do quarteirão, entrou na garagem e estacionou ao lado do Jaguar.

Gambol saiu do Jaguar e apertou o interruptor, e a porta da garagem desceu. Quando o barulho passou, Gambol se aproximou, pegou a bengala com a mão esquerda e abriu a porta para Luntz.

Juarez disse: "Anita. Nós vamos entrar. Quer entrar conosco?".

"Não."

Juarez disse: "O Luntz entra com a gente, não é, Luntz?", enquanto Gambol dava uma chave de braço em Luntz.

Juarez abriu a porta do carro e disse ao Montanha: "Leve-a para dentro".


O Montanha demorou. Os outros já tinham entrado na casa, mas o ponto de colisão de certas energias ainda estava ali, dentro do carro, com aquela mulher.

"Esses caras", disse a ela, "não sabem o que são."

Girou a chave para ligar o vidro elétrico e abriu as janelas dizendo: "Vou fumar um cigarro aqui".

Virou-se para ela. Por alguns segundos ficou calado, esperando o aroma dos outros sair. Ele disse: "Você é bonita".

"Obrigada."

Ele ergueu o rosto com o isqueiro aceso de modo que o brilho da chama o iluminasse sob a aba do chapéu. "É uma cruz, não é?"

"É."

Ele manteve a chama acesa por vários segundos. Ela não desviou os olhos. Ele tinha certeza de que ela não desviaria.

"Esses caras", disse a ela outra vez, "não sabem o que são." Ele achava que ela tinha ouvido da primeira vez, mas valia a pena repetir.

"Eles vão deixar o Jimmy viver?"

"Não."

"Oh", ela disse.

"E você? Você fuma?"

Ela negou com a cabeça.

"Eu vou entrar. Você vem?"

"O.k."

"Sente-se", Juarez tomou delicadamente o braço de Anita, mas ela não conseguiria se desvencilhar. "Você não gosta que eu toque em você", ele disse. Ele puxou a otomana para Anita, e ela sentou no sofá. Ele chegou perto. "A questão não é você ver ou não. Entendeu?"

"Não."

"Mas que ele", disse Juarez, "veja que você está vendo."

Jimmy ocupava uma cadeira da mesa de jantar sobre um linóleo prateado aberto no meio da sala. Não estava olhando para ela.

A pessoa que chamavam de Montanha colocou uma cadeira parecida no outro canto da sala de estar. Sentou-se e acendeu o abajur da cômoda, de um modo que ficava na sombra.

Gambol estalou os dedos perto do rosto dela. "Preciso do seu cinto."

Anita tirou o cinto e deu a ele. Ele se ajoelhou, amarrou o tornozelo esquerdo de Jimmy ao pé da cadeira e deu a volta com o cinto no outro pé, apertando bem e afivelando, e Anita achou que ele tivesse dito "É um torniquete — ha, ha", mas ela não tinha certeza porque o próprio Jimmy estava falando ao mesmo tempo.

"... e esse velho se mudou para umas três casas abaixo da nossa", Jimmy dizia. "Era um acampamento de trailers. Acho que eu tinha uns doze anos. O cara me disse que pagaria vinte dólares por dia para eu limpar o trailer dele antes de ele se mudar. 'Limpe o meu trailer, vinte pratas por dia.' Ele me deu desinfetante e um balde e todas aquelas merdas."

"Cala a boca", disse Gambol. Ele se levantou. Deu um estilete para Juarez e falou: "Tem uns elásticos fortes na garagem". Saiu pela porta da cozinha.

Segurando o estilete, Juarez enfiou as mãos nos bolsos da calça, parado com o bico fino de suas botas no limite do linóleo, olhando para Jimmy.

"Levei quatro dias e meio, trabalhando oito horas por dia, para limpar tudo. Tinha muita sujeira. Terra embaixo de terra. Tive que lavar o chão umas três vezes, e depois precisei raspar com uma espátula. Realmente limpei aquele lugar. Arrumei toda a bagunça do quintal, varri todos os gravetos e fiz uma pilha. Depois precisei cavar a terra com os dedos para tirar pedacinhos de plástico, quem sabe o que eram aquelas coisas. Coisas quebradas. Coisas de plástico. Coloquei tudo na boleia da caminhonete, cada pneu era de uma marca. Esguichei toda a faixa de asfalto da frente. Levando as sementes caídas direto para o gramado. Levei quatro dias e meio para deixar parecendo novo. Nunca tinha dado tão duro antes, nem nunca mais trabalhei tanto desde então. Depois disso, ele me explicou tudo em detalhes."

Gambol voltou pela porta da cozinha e parou na bancada com um emaranhado de elásticos na mão.

"Esse cara — eu diria que tinha uns sessenta, talvez. Não dirigia, sempre bêbado, a família abandonou, você sabe o que eu quero dizer, a própria desgraça humana solitária. E ele me disse: 'Tenho noventa dólares para você. Com certeza, você mereceu, e aqui está. Ou você pode aceitar esse bilhete de loteria'. Foi o que bastou. É, um bilhete velho inteiro na mão dele. 'Este bilhete', ele disse, 'custa um e cinquenta. Então se eu pagar os noventa, você pode arranjar alguém que compre sessenta bilhetes iguais a este. Ou você pode pegar só este aqui. Só este.' É. Certo. Isso. Aí eu peguei."

Juarez disse: "Você acha que eu não sei por que você está me contando isso?".

"Não sei. Talvez você saiba, talvez não."

Juarez tirou a mão do bolso. "Nem preciso perguntar se era premiado."

Jimmy mudo.

"Foda-se. Perdeu."

Lá no seu canto, o Montanha tossiu. Ou deu risada.

Ocorreu a Luntz que a era de Jimmy Calmo havia terminado. As palavras tinham deixado sua garganta inflamada. "Só quero que você saiba quem você está matando."

"Eu não disse que ia matar ninguém", Juarez disse a ele. "O que vai acontecer é que eu vou cortar fora o seu saco. Morrer ou não, é uma decisão pessoal sua."

Arrastou a otomana até o linóleo, levantando os pés do móvel para passar a borda do plástico, e sentou-se na frente de Luntz, joelhos quase se tocando.

Gambol pegou os elásticos e começou a puxar um do bolo emaranhado.

"Isso é deprimente", Luntz disse.

"Gambol, você ouviu essa? O Luntz está ficando deprimido."

"É verdade. O que me deixa deprimido são esses dois milhões e meio que eu jamais poderei gastar."

"Conto do vigário."

"Na verdade, não é tão deprimente assim. De qualquer jeito — eu saio ganhando."

"Sai o caralho. Ver as próprias bolas serem comidas não é exatamente ganhar. Está muito mais para perder, na minha opinião."

"Mas ver você jogar fora uma oportunidade de levar milhões de dólares faz com que valha a pena", disse Luntz.

"Ele está inventando", disse Gambol.

"Tudo bem também", disse Luntz, desabotoando sua calça de roceiro. "Pode trazer a faca e o garfo, seu babaca." Ele baixou a calça e puxou o elástico da cueca sob os testículos.

Juarez disse: "Gambol, você viu isso?".

"Vi."

"Ele tirou os documentos para fora."

"Vamos comer logo", disse Gambol.

Juarez afastou a cabeça e olhou para Luntz como que através de óculos ruins. "Você é um jogador de pôquer."

Luntz disse: "Espere um minuto".

Juarez inclinou-se mais perto. "O que aconteceu com os seus olhos?"

"Eu me enganei. São dois milhões e trezentos. Não era dois ponto cinco. Dois ponto três."

Juarez olhou fundo nos olhos de Luntz. "Devo admitir", disse ele... mas demorou um minuto para admitir qualquer coisa... "suas pupilas não se alteraram."

"Dois milhões e trezentos mil dólares. É o que vai custar esse — você sabe. O seu famoso número."

"Preciso parar de olhar para a sua cara." Juarez se levantou, foi até a cozinha e sentou-se à mesa perto da janela. Gambol e o

Montanha estavam quietos, e Luntz, para não olhar para Anita, fechou os olhos e ficou sentado segurando, talvez pela última vez, sua masculinidade com uma das mãos.

Dois minutos depois, Juarez parou, virou-se e voltou a sentar-se na otomana diante de Luntz. "Sabe por que você não morreu ainda?"

Luntz não disse nada porque não sabia a resposta.

"Porque você me chamou de babaca. Foi esse toque. Foi o toque certo na hora certa."

Quando Luntz começou a se mexer, Juarez disse: "Mas não guarde as bolas tão cedo. Alguém ainda precisa me desenhar um mapa do tesouro."

Luntz olhou para Anita.

Os olhos dela correram pela sala como se uma multidão estivesse arrancando suas roupas. "Eu ainda quero a minha metade."

Mary estava elegante hoje — saia cinza, salto agulha, blusa branca justa. Gambol esperava que não fosse por causa de Juarez. Não se pode culpar uma mulher por estar bonita.

Ela pediu um celular com número restrito. Juarez emprestou o dele.

Ela fez sinal pedindo silêncio, embora os outros já estivessem quietos — o próprio Gambol, Juarez sentado perto de Luntz, a mulher de Luntz encolhida no sofá, o Montanha encostado na parede.

Ela sentou-se na otomana, pôs um cigarro na boca, deixou a bolsa de lado e cruzou as pernas. Clicava nos números segurando o isqueiro.

"Aqui é a Louise. Sou a substituta hoje... Não, a Kilene não vai poder. Estava pensando em trocar com você. Como ele está?... Alguma orientação especial? Disseram que não precisa levantar — é isso mesmo?" Ela acendeu o cigarro e fumou um pouco. "O.k., pergunta idiota — a que horas eu devo chegar?... Droga" — ela se recostou para ver o relógio da cozinha — "vou me atrasar uns quinze minutos. Você pode ir embora que eu chego — ele pode ficar quinze minutos sozinho, certo?" Ela levou o telefone à bancada da cozinha. "Escute, eu preciso passar na agência antes, mas já estou no carro — você está com o número aí? E qual é o nome completo do paciente?"

Ela anotou num bloco da bancada e voltou à otomana, clicando no celular.

"Aqui quem fala é Eloise Tanneau. Sou sobrinha do juiz Tanneau. Estou tentando falar com ele, sobre a troca da enfermeira hoje à noite. É que talvez ele pudesse ficar comigo aqui em casa por alguns dias... Provavelmente na quarta-feira que vem. Amanhã cedo eu telefono e confirmo com você."

Ela fechou o celular, pôs o cigarro no cinzeiro e cruzou as pernas e as mãos no joelho de cima, inclinando-se para a frente. "Puxa!"

Juarez falou: "Eu não devia nunca ter me divorciado de você".

"Ah, é? Eu que pedi o divórcio."

Gambol observava tudo isso.

Juarez foi para um canto com o Montanha e conversou com ele, olhando apenas para os sapatos amarelos do Montanha. Gambol escutou-o dizer "o Jaguar, pode crer".

Voltou para Gambol e falou: "Quero o Jaguar", e Gambol entregou a chave.

Juarez apontou para o Montanha e para a mulher de Luntz. "Ele. Ela. Você leva. Mary vai ao cinema." Ergueu o bico fino da bota e apoiou-o na cadeira entre as pernas de Luntz. "Deixem este freguês por minha conta."

Mary disse: "Eu já vi esse filme. Duas vezes".

Juarez disse: "Fique uma hora fora. Não desligue o celular".

Mary tocou o dorso da mão de Gambol com quatro dedos. "A gente se vê depois."

Juarez reparou no gesto. "Pra você ver", disse Juarez irritado, "é disso que eu gosto nas pessoas. Elas são sempre surpreendentes."


Luntz achava que ainda estava no jogo — de calça arriada, mas com as bolas guardadas. Porém sozinho com Juarez, que segurava uma pistola automática.

"O Gambol não vai gostar de você me apagar sozinho."

"Eu vou gostar."

"Só estou dizendo — você entendeu. Amigos gostam de fazer as coisas juntos."

"Eu quero o Cadillac dele. Não é seu. Passe a chave pra cá."

"A chave está dentro. Mais ou menos. Tipo no teto."

"Onde você estacionou?"

"Uns cinco quilômetros de estrada. Depois suba. Subindo o rio Feather."

"Seu merda. Vamos."

"Agora?"

Juarez suspirou.

"Desafivele a minha perna."

"Desafivele a sua perna você."

Luntz deu um jeito no cinto, mas não se sentia capaz de se levantar. "O que a gente vai fazer?"

"Vamos de carro até lá, e vamos pegar o carro dele."

"E depois?"

"Depois eu vou dar para ele de presente. Quando ele voltar do que foi fazer agora."

"E o seu carro vai ficar — onde? Onde o dele está agora?"

"Isso mesmo."

"Não entendi."

"Porque você vive", disse Juarez, "no mesmo nível de um lagarto. O Gambol vai entender o gesto."

Estavam lado a lado quando o mecanismo da porta foi ligado com estrondo e o resto da luz do dia encheu a garagem. Juarez colocou-o no lado do passageiro cutucando com o cano da arma. "Primeiro as damas." Ergueu a barra da camisa e guardou a pistola no coldre. "Lembre-se de quem tem o poder."

Enquanto Juarez se ajeitava do lado do motorista e abria a porta, Luntz enfiou a mão embaixo do banco. Juarez entrou dizendo: "Vamos fazer um *test drive*. Chegou a hora de o Jaguar beber água". Quando estendeu a mão para dar a partida, Luntz encostou a arma de Anita no pescoço dele.

O Montanha tirou o chapéu, deixou-o no painel e virou-se quase totalmente para Anita no banco de trás. Ele contou quatro segundos até ela virar o rosto. Ele disse "O que foi? Achei que você tinha dito alguma coisa", porque queria que ela tivesse dito.

"Desculpe, o quê?"

"Qual é o carro desse juiz?"

"Está na garagem."

"Entendi. Mas que tipo de carro ele tem?"

"Um Cadillac."

"Como este aqui."

"Só que é preto."

Era uma casa da Nova Inglaterra — muros de pedra e heras escuras entrelaçadas, uma grande entrada com vitrais ao redor da porta. Gambol já tinha esperado muito tempo ali em frente.

"Esse sujeito está com dificuldades para reagir. Você disse que ele anda numa cadeira de rodas, certo?"

"Eu não disse isso."

"Não. Tem razão. A Mary que disse."

O Cadillac estava com o motor ligado e as janelas fechadas por causa do ar-condicionado, mas deu para ouvir o som de quando Gambol quebrou um vitral da entrada com a coronha do revólver. Os dois viram seus ombros se mexendo um pouco para trás enquanto quebrava o vidro dos cantos com o cano do revólver, depois ele ficou de lado e enfiou o braço até o cotovelo para dentro da casa.

Anita falou "O quê?".

"Eu perguntei se você estava preocupada com o Luntz."

"Estou."

"E você tem certeza que esse sujeito tem um computador em casa?"

"O quê? Ah, sim. Quer dizer, acho que sim."

"O Luntz deve estar morto a uma hora dessa."

"Oh."

Ele respirou essa sílaba. Sentiu seu gosto de mágoa. "Nos últimos momentos ele foi muito impressionante. Você acha que ele continuou com as bolas?"

"Oh... as bolas dele?"

Ele inspirou fundo. O celular gemeu duas vezes em sua mão. Ele conferiu o número. "É o Gambol." Desligou o carro. Pôs de volta o chapéu, baixou a aba o máximo que a visibilidade permitia e foi em direção à casa sem olhar para ver se ela tinha vindo junto.

Lá dentro, deixou a porta da frente aberta atrás de si e esperou por ela. Junto à entrada, um mancebo. No mancebo, um terno escuro num cabide. Passou um dedo na manga vazia. Seda italiana. Gambol estava na cozinha maltratando o dono do paletó. Acima deles e ao seu redor, claraboias decoradas e vasos com plantas davam à cozinha e à sala de jantar uma sensação de frescor muito agradável.

Mesmo na cadeira de rodas o sujeito dava a impressão de

altura, principalmente graças à cabeleira — brilhante, de um branco prateado, arrumada como uma peruca, o que claramente não era, pois Gambol enfiara os dedos entre seus cabelos e puxava para trás a cabeça do sujeito na cadeira para impedir que ele abotoasse a camisa. Quando o homem baixou as mãos, Gambol soltou seu cabelo.

"Ele estava no banheiro quando eu cheguei."

Com exceção do paletó, o homem estava vestido para trabalhar, calças perfeitamente vincadas, sapatos pretos engraxados nos apoios de metal da cadeira de rodas, mas abaixo do nó de sua gravata cor de vinho a camisa estava desabotoada e com a barra para fora, e um saco de colostomia avolumava-se sob o braço esquerdo.

A porta bateu atrás do Montanha e Anita entrou, passou por ele e foi para a cozinha. Em sua fantasia de lenhadora, descalça, ainda assim aquela criatura sabia andar como uma mulher — cabeça erguida, ombros para trás — saída de um incêndio. Agachou-se diante do sujeito, dizendo: "Sou culpada, meritíssimo".

O juiz tinha um toque teatral. Vendo Anita, seu queixo se ergueu e seus olhos brilharam arregalados.

"Eu matei o Hank." Agora Anita estava de pé diante da cadeira de rodas. Com as duas mãos, ela agarrou o saco sob a axila do velho, arrancou-o e bateu com ele na cara do juiz, fazendo com o golpe uma meia pirueta, e Gambol saltou de lado quando as fezes brotaram no pescoço e no peito do sujeito e nas costas, de modo que ele ficou vestido de fezes e sentado sobre elas.

O juiz ergueu a mão para limpar o rosto, mas aparentemente pensou em coisa melhor. Balançou a cabeça, provavelmente para livrar-se do excesso, e respirou pela boca aberta.

Gambol disse alguma coisa em voz muito baixa para ser ouvida, e o Montanha falou: "Cala a boca. O buraco aqui é fundo demais pra nós".

\* \* \*

Juarez dirigia com a mão direita, a palma da mão esquerda estancava o fluxo de sangue de sua testa. "Adoro levar coronhada. Porque quer dizer que estou lidando com um *puto*. Que não consegue puxar o gatilho."

"Vá para a estrada." Luntz mudou a arma para a mão esquerda, mantendo-a apontada para o rim de Juarez, recostou-se numa postura que achou mais natural para um passageiro e acrescentou: "Cala essa boca".

"Eu não estava falando nada."

"Antes você estava."

"Para onde vamos?"

"Cala a boca."

"Aonde estamos indo, Luntz?"

"Vire aqui à esquerda. Esquerda. Que cigarro você fuma?" Quando aceleraram na estrada, ele pôs a mão no bolso da camisa de Juarez. "Light. Que bosta."

"Não é, é bom. Sério."

"Baixo teor de alcatrão. Camisa de seda. Ei. Você tem dinheiro aí?"

"Dinheiro?" Juarez desceu o vidro de sua janela, e uma brisa quente pairou entre suas cabeças.

"Dá aqui."

Inclinado para a frente e remexendo-se no banco, Juarez tirou o dinheiro do bolso traseiro da calça e jogou pela janela.

"Seu *porra* do caralho." Luntz pôs o cano embaixo do queixo de Juarez e apertou até ele levantar o pescoço e fazer uma careta. Vendo os carros que passavam, Luntz baixou a arma até as costelas de Juarez.

Juarez limpou o sangue do olho e depois do banco, entre suas pernas. "O que você vai fazer em seguida? Ir até a casa do juiz e matar todo mundo? Fugir com a garota nas costas?"

Luntz ignorou-o e usou o acendedor de cigarros do Jaguar.

"Que herói. Nem tinha pensado na Anita. Você não a merece."

"Qual é o endereço?"

"Não sei, Luntz. Você não sabe?" Um conversível se aproximou pela esquerda. Juarez disse: "Olhe lá, as garotas estão rindo do seu peito".

"Deixe-as passar. Babaca."

Juarez reduziu um pouco a velocidade, emparelhando com o conversível. "Você dá vergonha. Se Anita é sua mulher, vá salvá-la."

"Ela não é minha mulher", disse Luntz. "E ninguém pode salvá-la."

Juarez apertou o volante, forçando os polegares. "Você é uma vergonha total." Virou-se para Luntz. Estava com os olhos vermelhos, quase chorando. "Quando você saca uma arma, sabe qual é o próximo passo? *Atirar* com ela. *Atirar* em alguém." O Jaguar deu um tranco na passagem de marcha.

"Devagar, Juarez."

"Vamos detonar."

"Devagar."

Juarez pisava e soltava o acelerador ritmicamente, forçando o motor com as mudanças de marcha. "Está vendo lá em cima, o viaduto?"

"Estou falando sério, Juarez."

"Olhe o que eu vou fazer, vou jogar o carro na pilastra."

Luntz enfiou o cano na orelha de Juarez e recostou-se no banco. O barulho do motor só aumentava.

"Foda-se, Luntz. Abaixe essa arma, ou eu juro que acabo com você." Juarez ficou erguido do banco ao travar a perna, pisando até o fundo no acelerador. "Vamos passar de cento e noventa." Ele gritava mais alto que o motor. "Eu morro, você morre.

Convenhamos, estou só esperando um motivo para bater com esta merda de Jaguar. Acho que depois vou pegar um Lexus."

Pensando "Que boa frase, que sujeito descolado esse Juarez", Luntz estourou a cabeça dele. A janela de Juarez virou grãos de arroz quando uma fissura de cinco centímetros se abriu sobre sua orelha. Luntz agarrou o volante com uma mão e depois com as duas, e a arma caiu no colo de Juarez, enquanto Luntz quase vai junto, passando a perna esquerda por sobre o console e chutando o bico fino da bota de Juarez do acelerador. Pisou no freio e virou o volante para a direita, e então rodaram e ficaram de ré, e a visão ficou borrada pelo para-brisa, depois rodaram de novo na pista e pararam em diagonal no cascalho do acostamento. O motor tinha morrido. No silêncio, ainda se podia ouvir seu tique-taque, e Luntz ouviu-se respirar com dificuldade, dizendo "Uau, acho que atirei em você".


"Podemos amarrar uma toalha aqui, logo abaixo do joelho", Gambol explicou ao juiz, "e detonamos com uma chave de roda. Que porra é essa?"

"Minha bolsa do cateter."

"Jesus!", exclamou Gambol.

"Faça-o implorar", disse Anita.

"Eu tenho setenta e seis anos de idade. Você está me entendendo? Os meus ossos não se recuperam mais."

O Montanha desconfiava que a resistência do juiz tinha mais a ver com a chocante falta de educação deles do que com o mundano desejo de não perder dinheiro. O sujeito estava bastante doente, amarelado de icterícia sobre o bronzeado esmaecido, e com a pele solta, parecendo papel, sem falar no saco da colostomia — e a bolsa do cateter, escapando pela bainha da calça.

"Não se preocupe", Gambol disse ao juiz, "provavelmente você vai abrir o bico antes que o osso esmigalhe."

"Eu vou abrir o bico agora mesmo", respondeu o juiz. "Não vai adiantar, mas estou nas suas mãos."

"É assim que funciona", disse Gambol.

"Não. Não", disse Anita. "Ele é o rei da mentira."

"Qual é mesmo", Gambol perguntou a ela, "a porra do seu nome?"

"Anita."

"Cala a boca, Anita." Com a ponta de um pano de prato, Gambol limpou a merda do rosto do juiz. "O Montanha tem mais algumas perguntas."

O juiz pegou o pano de prato com os dedos e esfregou no pescoço. "Tenho certeza de que saberei responder o que você quiser." Dobrou o pano com o pedaço sujo para dentro e esfregou o queixo.

"Você tem uns fundos escondidos", disse o Montanha. "Queremos os números das contas, senhas, tudo."

"Olhe no fundo do lixo da cozinha."

Gambol tirou o balde de plástico branco de debaixo da pia e depositou-o ao lado da cadeira de rodas. "Você que chafurde no próprio lixo."

"Embaixo do saco de lixo. Os passos estão ordenados numa lista."

Gambol levantou o saco, tateou no fundo do balde e jogou uma caderneta na bancada, junto ao cotovelo do Montanha.

"Agora uma coisa muito importante." O juiz respirou fundo. "Eu dei tudo o que podia, mas é só metade do que você quer. Tem uma senha de oito dígitos. Quando escolhemos, eu digitei quatro dígitos e meu sócio digitou outros quatro. Entendeu? Você tem agora metade da senha. Meu sócio tem a outra metade."

"Chame-o aqui."

"Isso também não poderei fazer por você." O juiz virou-se para Anita. "Meu sócio foi assassinado."

Anita ficou de pé e calada. Gambol disse: "Pegue a bolsa dela".

"Não tem nada na minha bolsa." Como se testasse os limites físicos de sua liberdade, Anita empurrou o saco de lixo para o lado e foi até a pia da cozinha, abriu a torneira e refrescou as mãos e o rosto. O Montanha esperava algum movimento explosivo. Ele acreditou nela.

Ela levantou a barra de sua camisa de flanela, limpou o rosto e disse: "Não tem nada por escrito. Mas enquanto eu tiver minha metade, tudo bem".

"Não é assim que as coisas funcionam", retrucou Gambol.

Rapidamente ela foi até o fundo da cozinha, onde ficava a porta do quintal. Gambol foi atrás também rapidamente, mas tropeçou no saco de lixo e escorregou na lajota molhada e caiu de joelho, e o Montanha sentiu uma queimação no peito e talvez até, ele achava, tenha dito "Vai!". Diante da porta, ela agarrou a maçaneta e tentou abrir a fechadura. Gambol pegou-a pelo cós e puxou-a para trás ao ficar de pé. Agarrou seu pulso esquerdo e arrastou-a pela cozinha até o corredor, torcendo-lhe o braço pelas costas e enfiando o próprio punho na boca dela de modo que mal se podia ouvir o som que ela fez quando seu ombro foi deslocado. Convulsivamente ela vomitou na mão dele, e ele tirou a mão e sacudiu o líquido no chão, dizendo "É isso aí — sem piedade", e ela disse "Boa".

O escritório do juiz era escuro. Quando o Montanha apertou os botões e ligou o computador, o monitor iluminou o dorso de suas mãos sobre o teclado.

Fez uma pausa para abotoar o paletó de seu terno, pôr as mãos no colo e ouvir os sons da sala vizinha.

Quando os sons pararam, o Montanha moveu os dedos no teclado e abriu a página do banco.

O juiz disse: "Com licença. Não gosto de interromper, mas tenho uma pergunta".

"Sim?"

"Esta situação aqui. Vai ser terminal? Na sua opinião."

"Para Anita?"

"Para qualquer um. Para mim."

Ouviu-se um soco, só um. O Montanha levantou o dedo pedindo silêncio. Mais nenhum som. Os dedos voltaram ao teclado.

Quando ouviu a porta da outra sala se abrir e fechar, ele ergueu o rosto para a parede à sua frente. "Aqui."

Gambol entrou no escritório e fechou a porta, segurando na mão um pequeno pedaço de papel. "Tente esta." Um *post-it* amarelo.

"A outra mão."

Gambol passou o papel para a mão sangrenta dele, e o Montanha aceitou e colou o papel ao lado do notebook aberto sob seu cotovelo.

"Eu não aperto botão de máquina", Gambol disse ao juiz. "Só aperto gente. Então espero que você saiba o que vai acontecer se essa senha for falsa."

"Quieto." O Montanha empurrou a cadeira para trás e se levantou.

Passou pelo pequeno corredor e ficou um instante ali do lado de fora da porta. Pôs a mão na maçaneta e deixou-a ali. Ela ainda emitia pequenos sons.

Quando Gambol tossiu na sala ao lado e o Montanha sentiu que podia estar prestes a pedir ajuda, ele soltou a maçaneta e desistiu de tudo e voltou ao escritório do juiz.

Sentou-se diante do teclado, digitou a senha e esperou.

"Quanto tempo demora essa merda?", disse Gambol, como se perguntasse mais ao anfitrião do que ao Montanha.

O juiz não fez sinal de ter ouvido.

"Está funcionando." O Montanha apoiou o queixo na mão e esperou os próximos passos da máquina.

"Aí transfere para as ilhas Cayman. Pode ser o mesmo banco que o meu", Gambol disse para ninguém.

O Montanha apertou as teclas e esperou.

"Como faz para o dinheiro sair?", Gambol perguntou ao juiz.

O Montanha disse: "Eu entro no site do banco e sigo as orientações passo a passo".

"Como entra no banco?"

"Primeiro", disse o Montanha, "você aprende a mexer com computador."

"Tem uma caneta aí?", Gambol pediu ao juiz.

O Montanha disse: "Tenho, sim". Simultaneamente ele sentiu uma arma roçando-lhe o colarinho.

Em todos aqueles anos em que trabalharam juntos, Gambol dirigiu-se diretamente ao Montanha talvez só uma dúzia de vezes. Agora era uma delas. "Escreva aí."


No entroncamento da estrada, Gambol parou o Cadillac. Com a mão esquerda enviesada mudou a marcha para estacionar. O Montanha olhava fixo para a frente.

Gambol tateou os bolsos da jaqueta do Montanha, tirou o celular e o notebook e deixou-os no console, cutucando as costelas do Montanha com o revólver.

O Montanha abriu a porta e saiu. Gambol puxou a porta para ele e saiu acelerando dali.

Pouco menos de um quilômetro depois na estrada, Gambol tirou o pé do acelerador, apoiou os pulsos no volante e moveu os ombros. O trânsito estava pesado. O problema era na outra pista, que ia para o norte, mas os carros aqui na pista do sul haviam reduzido a uma velocidade de caminhada. Nesse ritmo, o Montanha poderia chegar antes dele a Madrona.

Conferiu o retrovisor e viu o Montanha vindo a pé atrás dele em direção à cidade no frescor do anoitecer, a silhueta que aumentava e se deslocava para o lado na passagem dos faróis.

O Montanha mexia com números, impostos, contas. Ele havia feito toda a lavagem de dinheiro de Gambol em paraísos fiscais. Gambol gostava dele.

Deixou a mão pender e achou o botão que reclinava o banco até o máximo, melhorando a posição de sua perna direita. Ligou para Mary e falou: "O que você sabe sobre computadores?".

"Eu sei que eles me dão náusea. Nos últimos anos no Exército, eu ficava on-line todo dia."

"Preciso que você entre num computador para mim."

"Que telefone é esse que você está usando? Eu quase não atendi."

"Presente de um amigo."

Os carros passavam ao redor dele numa luz azul e branca. Quando ele passou com o Cadillac pelo local do problema, quase parou. Acidentes não eram problema dele, só mais um sintoma da doença humana. Mas pensou ter reconhecido o carro.


Ela acordou numa escuridão avermelhada. O som do rio fez com que se levantasse e a conduziu por um túnel que se ramificava em direção à luz e ao ruído da água.

Na câmara brilhante o juiz estava sentado nu, inclinado para o lado em sua cadeira de rodas, umedecendo uma bandeira branca numa torneira. O juiz proferiu a sentença: "Você está viva".

Me dê a chave do seu carro, ela disse, mas o som era outro porque sua mandíbula devia estar quebrada.

"Eu liguei várias vezes. Pensei que eles tinham matado você." Ele nem tentou disfarçar.

Chave.

"Você disse chave?"

Carro.

"Vá se deitar."

Ela foi com as mãos no pescoço dele. Só a direita obedeceu.

"É um Coupe de Ville 1951. Comprei usado quando passei no exame da Ordem. Não vou deixar que você o estrague."

Ela pôs o polegar e o indicador no pomo de adão dele e sentiu suas artérias sob a mandíbula.

Ele pegou seu pulso com as duas mãos, e seus olhos ficaram frios. "Na cozinha. No painel de cortiça."

Os tendões dela queimaram onde os dedos dele apertaram o dorso de sua mão. O rosto dele ficou pálido, e uma luz suave e azulada pairou sobre sua pele. Ele perdeu a consciência segundos depois, mas ainda respirava. Ela mudou de posição e apertou mais sua laringe, e ele começou a arfar. Ela fechou os olhos e concentrou toda a atenção no esforço da mão direita. Nenhum som ou visão perturbou seus sentidos. Ela não seria capaz de dizer qual dos dois estava morrendo.


Com o barulho da máquina na lavanderia, Mary não tinha certeza de ter ouvido um carro. Apertou a tecla mudo na televisão e se levantou quando Gambol entrou pela porta da frente.

Ele ergueu a bengala, apontou para ela e disse: "Mary, você está bonita hoje".

"Caprichei, não foi?"

"Ei", ele disse, "vamos dar uma volta."

Ela enfiou os pés nos sapatos de salto e ficou de pé, jogando fora o cigarro. "Estou com roupa na máquina. Posso desligar?"

"Esqueça."

Ela olhou para a lavanderia onde a máquina sacolejava com gargarejos. Procurou o controle remoto e deixou-o cair e ajoelhou-se no tapete, tentando pegá-lo embaixo da mesa de centro.

"Esqueça."

Ela se levantou. "Ernest. Nunca vi você sorrindo antes."

"Lá em Montana é bom para pescar?"

"É só jogar a isca." Ela deixou a cabeça pender para trás. "Você tem dentes bonitos."

Ele largou a bengala e abraçou-a. "Os muçulmanos perderam mais uma hoje."

"Boa, querido", ela disse. "Vamos soltar uma bomba atômica em Meca."


Os pneus do lado direito rasparam no acostamento, ela endireitou o volante, pouco depois rasparam de novo. Será que ela precisava abastecer? Esse pensamento veio e foi embora. Será que estava chovendo? — as estrelas agora estavam brilhando? Ela apertou o botão, baixou o vidro e pôs a cabeça para fora para respirar fundo o ar gelado, dirigindo com uma mão, cobrindo o olho machucado com a outra, para eliminar as duplicatas de seu campo de visão.

O Cadillac preto e enorme atravessava a chuva. Ela desligou os faróis. A chuva reluzia à luz das estrelas, ao luar, no clarão dos relâmpagos. Com certeza estava chovendo muito. Com certeza a coisa estava feia. Desse jeito, ela jamais conseguiria chegar ao rio.

Jimmy Luntz andava na estrada, olhando para os pés à luz das estrelas. Na borda da pista, tufos de grama brotavam do asfalto.

Chegou a um cruzamento — posto de gasolina e loja de conveniência —, entrou e disse "Bela noite".

A garota atrás do caixa falou "Sem camisa, sem sapato, sem atendimento".

"Eu estou de sapato."

Ela disse "Desculpe" e pareceu sincera. Ela parecia jovem, possivelmente grávida, ou precisando fazer dieta.

Ele conferiu a carteira.

"O Kenny está lá atrás", ela disse.

"Eu não vim falar com ele."

"Eu sei. Mas só para você saber."

"Eu tenho cara de assaltante?"

"Você tem cara de uma coisa. Não de assaltante. Mas no mesmo setor."

"Quanto são essas camisetas?"

"O que está na etiqueta."

Da pilha ele tirou uma — azul-clara, grande, MAIS CERVEJA — e vestiu.

"Essa é engraçada", ela disse.

Ele contou seus trocados. Seco por um cigarro, e só tinha dinheiro para um maço, mas comprou um bilhete de loteria de um dólar, e aí ficou sem para o cigarro. Raspou um, nada. Tinha o bastante agora para um hambúrguer, mas usou a quantia para mais um bilhete de um dólar.

Quando pegou o bilhete, sentiu-o na ponta dos dedos. Pôs a carteira no balcão e estendeu-a com a mão, enfiando o bilhete lá dentro, só tinha sua carta de motorista.

Dois dólares na mão. Comprou dois. Raspou o primeiro, nada, no segundo, ganhou um de dez. "Agora vai. Está vendo?"

"Quer em bilhete?"

"Só um maço de Camel normal. Não. Você tem Luckies? De agora em diante só fumo Luckies. E quero esse bolinho recheado. E uma lata de Sprite ou coisa que o valha. Tem fósforo?"

"Aí acaba o seu dinheiro."

Ele abriu a caixa e riscou um, erguendo a mão para se despedir.

"Você está a pé?"

Luntz disse: "Acho que vou pedir carona".

"Então é melhor você se limpar."

"Será? Onde é o banheiro?"

Ela balançou a cabeça. "A sua calça atrás está parecendo que você rolou na terra. É melhor você entrar inteiro na água."

"Onde fica o rio?"

"Logo ali, menos de um quilômetro."

"É gelado?"

"Gelado. Mas você não vai morrer disso."

ESTA OBRA FOI COMPOSTA PELO GRUPO DE CRIAÇÃO EM ELECTRA E
IMPRESSA PELA GRÁFICA BARTIRA EM OFSETE SOBRE PAPEL PÓLEN BOLD
DA SUZANO PAPEL E CELULOSE PARA A EDITORA SCHWARCZ
EM JUNHO DE 2010